KB000336

탐정
탐구
생활

옮긴이 **홍지로**

영문학을 공부하다 말고 영화학을 공부중이다. 번역은 양쪽 모두의 소산이다. 옮긴 책으로 에드 맥베인의 『킹의 몸값』, 『조각맞추기』, 『사기꾼』이 있으며 한국시네마테크협의회 소속 시네마테크 서울 등에서 영상 번역가로도 활동하고 있다. 애인 있음.

IN THE QUEENS' PARLOR AND OTHER LEAVES FROM THE EDITORS' NOTEBOOK
by Ellery Queen

Copyright © 1957 Ellery Queen. Copyright Renewed.

This Korean edition is published by arrangement with Ellery Queen c/o Jabberwocky Literary Agency, Inc., through the Danny Hong Agency.

Korean translation © 2015 by Booksphere

탐정 탐구 생활

엘러리 퀸 지음
홍지로 옮김

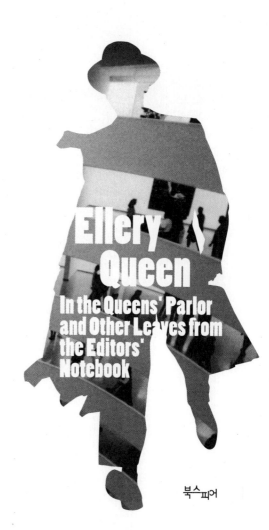

Ellery
Queen
In the Queens' Parlor
and Other Leaves from
the Editors'
Notebook

반딧강기
프로젝트
006

북스피어

……그 사람은 대체로는 진실을 말했더랬다.

－『허클베리 핀의 모험』
1장 첫 문단에서

차례

* 이 책은 엘러리 퀸이 1942년에서 1957년 사이 쓴 글을 모은 것으로, Biblo & Tannen 사에서 출간한 1969년 판본을 옮겼습니다.
* 본문의 모든 주는 옮긴이 주입니다.

1장
라디오계의 심원한 미스터리

 우리가 S. J. 페렐먼[1]을 처음 만난 것은 1939년 초 〈작가! 작가!〉라는 라디오 프로그램에 출연하게 됐을 때의 일이었다. 페렐먼 씨는 의식을 주관하는 역할을 맡았고, 각자 엘러리 퀸을 반쪽씩 맡고 있는 우리 둘은 앵커 노릇을 했다. 왜 〈작가! 작가!〉는 방송계의 선두주자가 되지 못했던가. 그것이 우리에게는 아직도 라디오계의 심원한 미스터리 가운데 하나로 남아 있다. 어쩌면 그 시절로서는 지나치게 독창적인 프로그램이었기 때문인지도 모르겠다. 독창성과 담대함은 항상 보답받지는 못하는 법

---

1 잡지, 방송, 영화, 무대 공연 등 다양한 영역에서 활동한 작가로, 아이러니와 풍자
 를 섞은 유머러스한 단편으로 특히 명성이 높았다.

이다. 독창성과 담대함을 부르짖는 것처럼 보이는 분야라고 하더라도 말이다.

프로그램이 돌아간 방식은 다음과 같다. '위원회'는 페렐먼 씨를 진행자로 삼고 엘러리 씨와 퀸 씨를 하얀 얼굴의 엔드맨[2]으로 내세웠으며, 매주 두 명의 저명한 문학계 인사를 초대 손님으로 모셨다. 프로그램은 매번 소설을 극화한 아주 짧은 단막극으로 시작했다. 작품 전체를 다 극화한 것은 아니었고, 결말만 다루었다. 그리고 그 결말은 언제나 O. 헨리 풍이었다. 어떻게든 깜짝 놀랄 만한 뜻밖의 결말을 내놓았다는 소리다. 예를 들어 보자. 웬 낯선 사람이 유행의 최첨단을 달리는 스피핀의 보석 가게에 들어선다. 그는 손목시계를 보자고 한 다음 자신의 취향에 맞는 시계 하나를 고른다. 점원이 가격표를 확인하고 손님에게 그 손목시계는 오백 달러라고 알려 준다. 손님은 잠시 생각하다가 말한다. "일 달러 드리지요." 점원은 스피핀 보석상은 그런 식으로 장사하는 곳이 아니라고 항변한다. 언쟁이 이어지다가 스피핀 씨 본인이 등장하기에 이른다. 자초지종을 들은 스피핀 씨는

---

2 여기서 작가는 19세기 미국에서 유행한 공연 양식인 민스트럴 쇼의 형식을 인용하고 있다. 민스트럴 쇼는 백인들이 흑인 분장을 하고 만담, 춤, 노래 등을 들려주는 공연으로, 사회자를 중간에 두고 나머지 공연자는 반원형으로 늘어선 가운데 양끝에 무지하고 어눌한 역할의 엔드맨이 자리하여 점잖고 양식 있는 역할의 사회자와 농담을 주고받았다.

점원에게 말한다. "그 오백 달러짜리 손목시계를 일 달러에 팔게." 막이 내린다.

이 시점에서 페렐먼 씨가 이야기를 이어받았다. 우선 그는 몇 가지 '필수 조건'을 설정했다. 손목시계는 정품이며, 오백 달러에 상응하는 값어치를 지닌다. 스피핀 씨는 전에는 이 손님을 한 번도 본 적이 없으며, 둘 사이에는 어떤 숨은 관계도 존재하지 않는다. 나아가 페렐먼 씨는 낯선 손님과 주인 사이에 비밀스러운 신호가 오갔다는 식의 뻔한 해결책도 제외했다. 그런 다음 페렐먼 씨가 이 문제를 초대 손님과 앵커들—다시 말하지만 전부 작가들이다—의 무릎 위에 던져 놓으면, 각자 차례로 이 예상치 못한 결말을 합리적이고 믿을 만하게 만들어 주는 제반사정을 즉석에서 지어내야 했다. 각자 즉흥적인 해결책을 제시하고 나면 모두 함께 찬반으로 나뉘어 맹렬히 토론을 벌였고, 사이사이 페렐먼의 보석과도 같은 재담이 양껏 섞여 들었다.

이런 게 진짜 스토리텔링 아닌가! 초대 손님 중에는 모스 하트와 조지 S. 카우프먼, 헤이우드 브라운과 루퍼트 휴즈, 마크와 칼 반 도렌, 루스 맥케니와 로버트 네이선, 돈 파웰과 어스킨 콜드웰, 비키 바움과 베이어드 베일러, 맥킨레이 캔터와 질레트 버제스, 앨리스 듀어 밀러와 루드비히 베멜만스, 쿠엔틴 레이놀즈와 앨프리드 크레임보그, 필 스통과 프랭크 설리번, 도로시 파커와 도널드 오그덴 스튜어트와 같은 굉장한 조합들이 있었다. 그토록 유명한 출연자들을 거느린 프로그램이 어찌 실패할 수 있겠는가? 그럼에도 전국에 여섯 달 넘게 방송을 하는 동안 〈작가! 작가!〉를 통해 무언가를 팔 수 있겠다는 가능성을 본 광고주는 단 하나도 없었다. 수프에서부터 견과류에 이르기까지 뭐든 말이다!

추신: 여러분이 계속 궁금해하도록 내버려 두는 것은 온당치 못한 일일 것이다. 스피핀 씨는 왜 오백 달러짜리 손목시계를 일 달러에 팔았을까? 청취자 의견에 따르면 최고의 해답은 다음과 같았다. 손님은 점원에게 일 달러를 제시하면서 이를 카운터에 올려놓았다. 그런데 그 일 달러는 일 달러짜리 지폐가 아니라 일 달러짜리 은화였다. 스피핀 씨는 자초지종을 들으면서 그 은화를 보았다. 알고 보니 스피핀 씨는 화폐 수집가였고, 바로 그 동전이 저 유명한 1804년 은화에 해당하는 것으로—여러분도 짐작하시겠지만!—오백 달러 이상의 값어치를 지니고 있었던 것이다.

완벽하게 논리적이며, 탐정소설의 가장 고상한 전통에 입각한 이야기가 아닐 수 없다…….

2장
탐정학의 계보로 본
셜록, 네로, 르콕, 프로제의 공통점

    1954년 10월, 우리는 워싱턴 D. C. 의 칸 백화점에서 열린 사인회에 참석했다. 몇 시간 동안 우리는 레슬리 포드, 팻 맥거, 조르주 심농, 앤소니 바우처, 로렌스 G. 블록먼, 해롤드 Q. 마저 등 업계의 다른 충실한 동지들과 더불어 길게 늘어선 브리지 테이블에 앉아 있었다. 우리는 주로 렉스 스타우트 곁에 있었는데, 사인을 하는 사이사이 이것저것 이야기하다 보니 아니나 다를까 업계 이야기로 화제가 옮겨갔다. 우리는 다른 사람들에게서 수없이 들었던 질문을 스타우트 씨에게도 던져 보았다. 작가는 탐정의 이름을 어떻게 고르는 걸까? 스타우트 씨의 경우, 네로 울프라는 이름을 어떻게 내놓게 되었는가?

    묘하게도 스타우트 씨는 선뜻 대답하려 들지 않았다. 그는 자리에 앉아 수염을 만지작거리며 곰곰이 생각에 잠겼다. 답할 말이 떠오르지 않아서 그랬던 것은 아니리라 확신한다. 스타우트 씨와 교분을 맺어 온 이래로 그가 답할 말이 없었던 경우는 본적이 없으니까. 그보다는 질문에 대답을 해 줄 것인가 말 것인가를 두고 고심하는 것처럼 보였다. 그러다 그의 눈이 반짝이더니 입 모양이 바뀌었다. 틀림없이 즐거움을 담은 표정이었다고 맹세할 수 있다. 우리가 그의 표정 변화를 제대로 해석한 것일까? 여기 스타우트 씨가 내놓았던 흥미진진한 설명을 들려 드릴 테니 직접 판단해 보시길.

스타우트 씨의 주장에 따르면 그가 진실을 깨달은 것은 한참 후의 일이라고 한다. 자신이 무의식적으로 셜록 홈즈라는 이름의 패턴을 따라 네로 울프라는 이름을 지었다는 진실, 자신이 처음부터 저 위대한 탐정의 이름과 밀접한 관련이 있는 이름을 찾고 있었음이 틀림없다는 진실을 말이다.

아니, 그런데 도대체 네로 울프Nero Wolfe라는 이름이 셜록 홈즈Sherlock Holmes라는 이름과 어디가 닮았다는 말인가? 우선 한 가지 닮은 점은 쉽게 눈에 들어온다. 두 이름은 음절의 수와 배치가 동일하다. 셜록은 2음절이고 홈즈는 1음절이다. 마찬가지로 네로는 2음절이고 울프는 1음절이다.[1] 하지만 이건 표면적인

---

1 영어 음절수를 따진 것이다.

연관성에 불과하다. 둘의 관계는 그보다 훨씬 더 절묘하다. 셜록 홈즈라는 이름에서 모음의 종류와 위치를 살펴보자. 셜록에는 e와 o라는 두 모음이 차례로 들어 있다. 홈즈에도 똑같은 모음이 있지만, 순서가 반대로 o-e다. 이제 네로 울프에 들어 있는 모음을 살펴보자. 네로에도 모음이 두 개 있다. 셜록과 같은 모음이며, 순서도 정확히 똑같다! 울프에도 모음이 둘 있다. 홈즈와 같은 모음이며, 마찬가지로 순서가 바뀌어 있다!

우연일까? 그럴 성 싶지는 않다. 하지만 스타우트 씨는 그와 같은 유사성을 의식적으로 계획한 것은 아니라고 주장했다……

다시 생각해 보면, 스타우트 씨의 이론을 의구심 없이 받아들이는 쪽으로 마음이 기운다. 다시 한 번 따져 보자. 셜록, 네로. 거기서 탐정학의 계보를 더 파고들어 보면 르콕Lecoq이 나온다. 마찬가지로 e-o의 조합을 지닌 이름이다. 여기서 더 파고들자면 심농의 프로제Froget도 역시나 홈즈에서 비롯되었노라고 주장할 수 있지 않을까. 역시 o-e 조합을 지니고 있으니 말이다. 그렇다면 아예 원천으로까지 거슬러 올라가서 이 위대한 o-e 이론을 증명해 보면 어떨까? 다시 한 번 생각해 보시길. 홈즈, 울프, 프로제. (이 밖에 몇이나 더 있을까?) 이들 모두 하나의 근원에서 뻗어 나오지 않았던가?

포Poe.

보시다시피 동일한 o-e 조합을 갖추고 있다.

3장
대실 해밋의 속임수

소위 '옛' 시절, 그러니까 탐정소설계에서 가장 뛰어나고 영향력 있는 일군의 작가들이 펄프 잡지에 꾸준히 글을 싣던 시절에, 대실 해밋 같은 이들은 종종 편집자들을 상대로 속임수를 써야만 했다. 그런 편집자들 중 일부는 아직도 자신들이 어떻게 속았는지, 심지어 왜 속았는지도 알지 못한다.

'왜'를 먼저 설명해야 할 듯싶다. 해밋-데일리[1]-네벨[2]-챈들

---

1 캐롤 존 데일리. 1920년대 초부터 《블랙 마스크》지에서 대실 해밋, 프레더릭 네벨 등과 함께 하드보일드 탐정소설을 썼으며, 당대에는 하드보일드 유행의 선두주자로 이름을 떨쳤다.
2 프레더릭 네벨. 대실 해밋, 캐롤 존 데일리와 비슷한 시기에 《블랙 마스크》지에서 하드보일드 탐정소설을 썼다.

러 유파에 속한 작가들은 거칠고, 간결하고, 충격적이고, 어떤 면에서 보자면 '사실적인' 산문을 쓰고자 했다는 점을 상기해 보자. 타자기를 두들겨 사실주의를 뽑아내는 짓을 몇 주 동안 계속하다 보면(이는 대개 모든 공포 중에서도 가장 사실적인 공포, 즉 굶주림을 두들겨 몰아내기 위한 짓이기도 했는데), 필연적으로 진짜 사실적인 단어를 사용하고 싶다는 열망에 사로잡히게 된다. 예를 들어 저 정겨운 네 글자 앵글로-색슨 동사[3] 같은 것 말이다. 하지만 '가장 터프한' 펄프 잡지에도 자신들만의 금기는 있었고, 금기가 없는 경우에도 미 우정 공사 규정[4]이 대신 제재를 가하였다. 그리하여 간혹 작가가 종이 위에 자신을 마음껏 풀어놓더라도 편집자는 파란 색연필을 휘둘러 문제가 될 만한 저잣거리의 언어들을 삭제해야만 했다.

그럼에도 예술적 강직함을 갖춘 작가들, 보다 넓은 의미의 좋은 취향을 좇아 자신이 보는 바대로 진실을 표현하고자 분투하는 작가들의 마음속에는, 진짜로 사실적인 글을 쓰고 싶다는 유혹이 만성적으로 자리 잡고 있었다. 그래서 대다수 하드보일드 작가들은 지루함을 피하기 위해 (혹은 미치지 않기 위해) 편집자

---

3 'fuck'을 비롯한 네 글자짜리 욕설을 말한다.
4 1865년 음란외설물 우송에 대한 규정이 통과된 이래, 미 우정 공사 규정은 선정적인 내용을 담은 출판물의 우송을 금함으로써 일종의 검열 기구 노릇을 수행했다.

들의 조심스럽고 걱정 많은 눈길을 피하여 '충격적인 단어'를 끼워넣는 기발한 방법을 찾아내고자 노력했다. 그러한 노력은 어원학적인 차원에서 벌어지는 일종의 게임, 기묘하고 비밀스러운 재치의 대결이 되기에 이르렀다. 대다수 편집자들은 자신들이 게임에 동참하고 있다는 사실을 알지도 못했지만 말이다.

때때로 이처럼 편집자를 낚고 싶다는 유혹에 굴복했던 대실 해밋은 교묘한 심리적 수법을 개발하여 단어에 대한 최종 결정권을 자신이 갖도록 했다. 그는 대화 속에 일부러 두 개의 단어 혹은 구절을 집어넣었는데, 그중 하나는 겉보기에는 온건해 보였고, 다른 하나는 좋은 취향에 위배되는 것처럼 보였다. 그러면 편집자는 그중 고상하지 못해 보이는 단어 혹은 구절을 즉각 삭제했다. 그렇게 자신의 삭제 본능을 만족시키고 난 편집자는 거짓된 안도감에 사로잡힌 나머지 온건해 보이는 단어 혹은 구절에 대해서는 의문을 제기하거나 확인할 생각조차 하지 않은 채 그냥 통과시켜 주었다.

그러면 덫이 발동된다. 부적절해 보였던 단어 혹은 구절이야말로 사실은 완벽하게 온건한 표현이었으며, 온건한 분위기를 띠고 있는 단어 혹은 구절이야말로 사실은 검열에 걸릴 만한 표현이었던 것이다. 편집자는 '훈제 청어'[5]가 친 연막에 곧이곧대로 넘어가 지우개를 휘두르고 말았다. 탐정소설계의 가장 오래된 속임수 중 하나에 깜빡 속은 것이다.

이처럼 해밋이 단어를 두고 벌인 속임수 중에서도 가장 성공적이었던 성취의 경우, 담당 편집자뿐만 아니라 사실상 전 세계가 속아 넘어갔다. 『몰타의 매』 11장에서, 샘 스페이드는 자신의 "더 작은 그림자"인 윌머를 가리켜 "그 건셀"이라고 부른다. 또 다음 장에서 스페이드는 윌머에게 묻는다. "구스베리 치기를 그만둔 지는 얼마나 됐지, 꼬마?"

편집자는 두 표현 중에서 구스베리 치기라는 두 번째 표현이 문제적인 표현이라고 생각했던 모양이다. 그 표현은 검열 기구에서 잘라 내라고 말하기도 전에 삭제당했다. 하지만 건셀이라는 첫 번째 표현은 때 하나 묻지 않고 살아남았다. 마침 건셀gunsel이라고 불린 인물이 총잡이gunman였기 때문에, 편집자는 건셀이라는 말이 총잡이의 유의어일 것이라고 짐작해 버렸다. 어쩌면 그 편집자는 이전에는 건셀이라는 말을 들어본 적이 없었는지도 모른다. 혹은 그런 단어가 존재하지 않는다는 생각이 머릿속을 스쳐 지나갔지만 무심코 넘어갔는지도 모른다. (사무용 사전에는 없는 단어다.) 아무튼 편집자 입장에서 보자면 문제시될 만한 구절은 잡아내어 삭제했으니 건셀은 그냥 보내 주는 게

---

5 관심을 다른 곳으로 돌리도록 유도하는 미끼를 가리키며, 특히 탐정소설에서 작가가 독자의 의혹을 범인으로부터 다른 곳으로 돌리도록 유도하는 데에 쓰는 인물, 사물, 사건 등을 가리킨다.

당연했다. 혹시 해밋이 총잡이를 가리키는 새로운 단어를 발명한 것이라면, 그것 참 좋은 일 아니겠나! 역시 해밋은 대담하단 말이야. 늘 현대 탐정소설에 생명력과 활기를 불어넣을 새로운 방법을 고안해 낸단 말이지!

그런데 사실 구스베리 치기는 그저 빨랫줄에 걸린 세탁물을 훔치는 사소한 범죄를 뜻하는 말일 뿐이다. 기껏해야 총을 작대기라고 부르는 정도로만 험할 뿐인, 낡은 속어에 불과하다. 반면 건셀은 총잡이를 뜻하는 단어가 전혀 아니었다. 건셀(혹은 건즐gunzel)에는 '미숙한 젊은이'라든가 '영리하고 교활하고 기만적인 사람'이라는 등의 여러 가지 뜻이 있다. 하지만 제임스 샌도가 최초로 글을 통해 지적했다시피, 해밋이 이 단어를 쓸 때는 동성애 상대로 데리고 다니는 어린 소년이라는 의미를 염두에 두고 있었다. 건셀에는 '부자연스러운 목적으로 데리고 다니는 소년'이라는 뜻도 있다.

해밋이 담당 편집자의 눈을 속여 처음으로 이 단어를 쓴 이후 어떤 일이 벌어졌는가? 업계의 거의 모든 탐정소설 작가들이 건셀이라는 단어를 총잡이라는 뜻으로 사용하기 시작했다. 그뿐만이 아니다. 이 단어는 너무나도 오랫동안 잘못 사용된 끝에 급기야 가짜 의미를 실제로 획득하는 지경에 이르고 말았다. 이제는 심지어 범죄계에서조차 총잡이를 가리킬 때 어뢰나 방아쇠잡이라는 표현뿐만 아니라 건셀이라는 표현을 쓰고 있는 것이다!

4장

저자가 드립니다

I. 장서광의 진화

셰익스피어가 인간의 '기이하고 다사다난한 역사'를 일곱 가지 단계로 나누어 말했던 것과 달리,[1] 장서광의 진화에는 네 가지 단계만이 존재한다.

첫 번째 단계는 초보 책 수집가의 단계로, 책을 아무렇게나 잡다하게 모으며 판본이라든가 책의 상태에 관해서는 조금도 신

---

1 윌리엄 셰익스피어의 희곡 『뜻대로 하세요』 2막 7장에서 삶을 무대에 비유하면서 사람의 인생을 유아, 학생, 연인, 군인, 재판관, 늙은이, 무능력자의 일곱 단계로 나눈 대목을 가리킨다.

경 쓰지 않는다. 그의 유일한 관심사는 역시나 책을 읽는 것뿐이며, 이 '위험한 즐거움'(조지 버나드 쇼 인용)을 충족시키는 데에는 인쇄 상태가 좋은 활자만으로 충분하다. 당연히 이 황금기는 가장 미성숙한 단계이며, 따라서 가장 마음이 순수한 단계이기도 하다. 미숙한 수집가에게 애서가라는 뻔한 호칭이 부여되는, 장서광의 유아기라고나 할까.

하지만 바이러스가 더 깊이 파고들면, 수집가는 이내 걱정스러운 징후를 내비치게 된다. 뒤죽박죽으로 모은 책장 쪽에 눈길이 갈 때마다 신경을 갉아먹는 고통이 생겨나고, 이 고통은 별볼일 없는 판본을 초판본으로 대체해야만 사라진다. 아, 숙명이 꽃을 피우는도다! 이제 애서가는 자신을 감정가라고 부를 수 있게 된다.

질병이 불치의 지경에 이르면, 수집가는 세 번째 단계로 접어든다. 이제 초판본을 소장하는 데에서 그치지 않고 가장 상태가 좋은 초판본을 소장해야 한다. 갓 출간됐을 때처럼 흠 하나 없이 깨끗한, 심지어 겉표지까지도 깨끗한 고서를 찾는 것이다. 감정가는 이제 수집광이라는 보다 높은 차원에 올라서게 된다. 이는 장서광의 네 단계 중 두 번째로 높은 단계다. 뭐, 혹자는 장서광이 아니라 장서꽝이라고 쓰기도 하지만.

신품 초판본. 이것은 보석과도 같은 단어들로 가득 찬 보물창고다. 장정이 바래지도 않고, 책을 여닫는 부분이 찢어지지도 않고, 책장에 흠 하나 없는 (아예 읽지도 않은 경우도 지나치게 빈번하다) 책들이 한데 모여 있는 모습이 얼마나 보기 좋고 흐뭇한가. 저 빛나는 초판본의 세계에서 책 수집가가 염원할 수 있는 더 높은 단계가 있을가? 있다. 수집가들은 바로 그 판본의 낙원에 도달하기 위해 시장을 샅샅이 뒤지고 경매장을 배회한다. 모든 '요소'에 문제가 없는 정도로도 모자라서 **저자의 헌사가 담긴** 희귀 초판본을 사기 위해서 말이다.

그렇게 책 수집가는 철두철미한 장서광으로 성장하게 된다. 부디 우리의 영혼에 주의 가호가 함께하기를! 우리가 발을 들인 곳은 서적 숭배의 천국 중에서도 제4의 천국, 바로 탐정소설 초판본 수집이라는 천국이니 말이다.

저자의 헌사가 적힌 초판본에 어떤 매력이 있는지는 쉽게 설명할 수 있다. 작가, 특히 유명한 작가가 자신의 책 면지面紙에 사적인 메시지를 남긴다는 것은 곧 편지를 써 준다는 얘기와 같다. 위대한 작가의 자필 편지를 귀히 여기지 않을 사람이 누가 있겠는가? 게다가 이후 그 책을 소장하게 된 사람은 모두가 자신이 진정으로 희귀한 판본을 소유하고 있다는 깊은 만족감을 얻게 된다. 그 특별한 헌사가 담겨 있는 책은 세상에 단 한 권뿐인데, 자신이 바로 그 책을 갖고 있으니 말이다.

하지만 작가가 친구나 독자나 수집가를 위해 자신의 책에 헌사를 적어 줄 때 정확히 뭐라고 쓰는지 생각해 본 적이 있는가? 빼어난 작가가 써 준 헌사는 빼어날까? 위트 넘치는 작가가 써 준 헌사는 위트가 넘칠까? 슬프게도, 대부분의 경우 세상에서 가장 재기 넘치는 작가라고 하더라도 "저자가 드립니다"를 변주한 수준에서 벗어나지 못한다. 캐서린 앤 포터처럼 재능 있는 작가마저도 자신의 책 『꽃 피는 유다 나무』의 자가 출판본에 다음과 같은 글귀를 남긴 적이 있는 것이다. "책에 헌사를 적을 때는 뭐라고 적어야 하는지 알면 좋겠는데, 저는 모르겠네요……."

우리들 퀸의 서가에 있는 초판본을 훑어보며 발견한 헌사로는 다음과 같은 것들이 있다. **충심을 담아, 어빈 S. 콥이** / **평안하시길 바라며 A. 코난 도일이** / **좋은 일만 있으시길, R. 오스틴 프리먼이** / **감사를 담아, 작가 애나 캐서린 그린 롤프스가** (여성으로서는 보기 드물게도 이따금 결혼 전 성과 결혼 후의 성을 함께 사용하곤 하는 작가였다.) / **친애하는 R(로버트) W. 챔버스가** / **행복하시길, 메리 로버츠 라인하트가**

이런 것들은 지극히 평범한 헌사라고 해야 할 것이다. 거기 담긴 생각이 아무리 평범하다 한들 책 수집가들은 이를 바라 마지않을 테지만 말이다. 그러나 우리가 모은 초판본—그 사륙판본을 위해 반평생에 걸쳐 흘린 땀과, 눈물과, 심지어 피를 대변해 주고 있는—을 보다 깊은 곳까지 캐내다 보니, 세월이 흐름에 따라 더욱 반짝반짝 빛을 발하게 된 독특하고 흥미로운 헌사들과도 마주치게 되었다. 이처럼 면지를 장식해 주는 글귀, 작가가 책을 쓴 뒤에 덧붙인 생각은 이제껏 기록된 바 없었던 유명 작가에 관한 일화를 엿볼 수 있게 해 주는가 하면, 이제부터 여러분께서 보실 것처럼, 때로는 작가도 마음을 터놓을 때가 있음을 알려 준다.

예를 들어, 지금 우리 앞에 있는 책은 탐정소설의 역사에서 위대한 초석으로 자리매김한 작품인 이스라엘 쟁월의 『빅 보우 미스터리』(1892) 초판본이다. 작가는 면지 오른쪽 위편 귀퉁이에 45도 각도로 다음과 같이 썼다. **책을 읽는 도중에는 절대 마지막 페이지를 읽지 마세요. I. 쟁월.** 이 책이 탐정소설 중에서도 밀실 사건 유파를 창시했다는 점—쟁월 씨의 표현을 그대로 빌리자면, "미스터리 업자가 출입이 불가능한 방 안에서 사람을 살해한" 최초의 책이라는 점—을 고려한다면, 쟁월의 헌사가 특히나 중대한 의의를 지니고 있음을 실감할 수 있을 것이다. 채 20세기가 되기 전에 쓴 이 간단한 단어들을 통해, 이스라엘 쟁월은 탐정소설의 철학 전체를 총괄하고 있는 것이다. 그는 독자에게 이렇게 말하고 있다. "작가와 공정하게 겨루라." 또 작가에게 이렇게 말하고 있다. "독자와 공정하게 겨루라."

특히 오늘날, 이 얼마나 건전하고도 우리의 주의를 촉구하는 충고란 말인가! 옛 진실을 다시금 발견할 때면 언제나 새삼 놀라움을 느끼게 된다. 어떤 예술 형식이든 간에, 예술 형식을 관장하는 원칙은 곧 모든 살아 있는 존재를 관장하는 원칙이기도 하다. 페어플레이라는 황금률에 의지하는 순수한 탐정소설이 살아남았는가 하는 문제는 상대적으로 중요하지 않다. 하지만 오늘날과 같은 원자폭탄의 시대에, 똑같은 황금률에 의지하여 인류가 살아남도록 하는 문제는 이루 말할 수 없이 중대하지 않은가.

이 황금률은 또한 세계의 상태에 관한 흥미로운 논점을 시사해 준다. 우리의 뒤죽박죽 행성 위에 사는 모든 사람속屬 중에서도 탐정소설 작가라고 불리는 아종亞種이야말로 단연코 가장 평화를 사랑한다는 사실을 말이다. 탐정소설 작가는 매일같이 폭력과 갑작스러운 죽음 속에 파묻혀 지내지만, 어떤 탐정소설 작가도—아무리 종이 위에서는 피에 굶주려 있다 한들—실제로 살인을 저질렀다고 알려진 바는 없다.

II. 그 사람 됨됨이를 알 만하다

연대순으로 보자면 다음으로 소개하고 싶은 저자 서명본은 리처드 하딩 데이비스의 『안개 속에서』(1901)다. 오늘날 영국과 미국의 스토리텔링을 완벽하게 혼합해 낸 작품으로 우뚝 선, 잊지 못할 작품이다. 전하는 바에 따르면, 옛날 옛적 한 저명한 책 수집가가 리처드 하딩 데이비스를 기리는 연회가 끝난 후 작가를 구석으로 몰아세워 놓고 『안개 속에서』의 초판본을 건네며 서명을 청했다고 한다. 청을 받아들일 만한 기분이었던 데이비스는 '행복하시길' 따위의 케케묵은 표현을 피하기 위해 고심했다. 그는 얇은 책을 쭉 넘겨보다가 마지막 쪽의 마지막 줄에 이르러 눈을 빛냈다. 고민은 그걸로 끝이었다. 마지막 쪽 바로 앞에는 컬러 삽화가 담긴 광택지가 들어가 있었는데, 삽화 뒷면이 백지 상태로 마지막 쪽과 마주 보고 있었다. 이 새하얀 종이 가운데에서도 본문 마지막 줄과 정확히 마주 보는 지점에, 리처드 하딩 데이비스는 친필로 자기 소설의 마지막 줄을 다시 옮겨 적었다. "당신이 서명하시오." 그가 말했다. 리처드 하딩 데이비스. 유명 작가 중에는 자신의 팬을 만족시켜 주고자 그토록 기발한 수를 짜내는 이들도 있는 것이다!

동시대에서 가장 다채로움을 뽐내는 이로는 책과 문인에 관한 훌륭한 저술을 남긴 신사이자 학자 빈센트 스타렛을 들 수 있다. 스타렛이 남긴 헌사 중 진부하거나 케케묵은 헌사는 단 한 번도 본 적이 없다. 우리가 가지고 있는 그의 가장 희귀한 책인 『유일무이한 햄릿—이제껏 기록되지 않았던 셜록 홈즈의 모험』(1920) 초판본에는 다음과 같이 적혀 있다. 스콧 커닝엄에게, 출간 몇 년 후, 동 트기 몇 시간 전에. 빈센트 스타렛.

커닝엄 씨와 스타렛 씨는 헌사가 가리키는 '동 트기 몇 시간 전에' 어디에 있었던 것일까? 현대의 하룬 알라시드[2]가 되어 시카고의 거리를 떠돌고 있었을까? 아니면 O. 헨리가 허드슨 강의 바그다드[3]를 배회했던 저 전설적인 밤에 관해 썼듯이, '바깥에서 빈둥거리고' 있었을까? 아니면 커닝엄 씨와 스타렛 씨는 안락의자에 푹 파묻힌 채로, 실내복을 입고 긴 체리우드 파이프를 피우면서, 벽난로에서 촛탄이 빛을 발하고 블라인드는 내려진 가운데, 저 바깥 안개로부터는 유령과도 같은 마차 소리가 울려오고, 탄산수 제조기(혹은 그 현대적인 대체물)가 두 배로 일하는 동안, '돌이킬 수 없는 과거로부터' 밤을 탈환하고자 노력하고 있었던 것일까? 일종의 시카고판 베이커 가 221B번지 같은 곳에서? 틀림없이 그랬을 것이다. 우리로서는 다른 모습은 상상할 수 없다.

『티트와 터트 씨』(1920)의 1판 2쇄본에 아서 트레인이 남긴 헌사는 더욱 도발적이고 불편한 의문을 자아낸다. **허버트 후버**[4] **님께 깊은 감사와 더불어 평안하시길 바라 마지않으며. 아서 트레인.** 우리가 그 책을 갖고 있기는 하지만, 도대체 어떤 기이한 사연이 있었기에 이토록 특별한 책이 경매장에 나오게 됐던 걸까? 허버트 후버가 백악관 사저에 들어가기 전에 자신의 책을 솎아 내는

2 아랍 제국 아바스 칼리파조의 5대 칼리프이며, 『천일야화』에서 각종 기상천외한 사건을 경험하는 인물로 여러 차례 등장한다.
3 소설가 O. 헨리가 뉴욕 시를 가리키며 사용한 표현.
4 미국 31대 대통령.

과정에서 탐정소설은 대통령의 서가에 들어가기에는 너무 저급하다 여겨 처분하기로 했던 걸까? 만약 그랬다면 그 사람 됨됨이를 알 만하다. 에이브러햄 링컨, 우드로 윌슨, 프랭클린 D. 루즈벨트는 탐정소설을 즐겨 읽었으며, 이를 공공연히 자랑스럽게 인정하지 않았던가.

우리가 갖고 있는 A. 코난 도일의 『마라코트 심해 외㐨』(1929)에 수록된 헌사 역시 색다른 연상 작용을 불러일으킨다. 작가는 제목이 적힌 쪽에 45도 각도로 다음과 같이 썼다. 우리 주장 J. M. 배리에게 한때 그의 투수였던 코난 도일이라는 사람이. 「스피드규의 떨어지는 공」을 참조하세요.

『마라코트 심해 외』에 수록된 네 소설 중 하나의 제목이 「스피드규의 떨어지는 공에 관한 이야기」다. 이 소설은 크리켓을 소재로 하고 있다. 여러분께서도 막역한 친구 사이였던 A. 코난 도일 경과 제임스 M. 배리 경이 함께 희곡에 도전했다 실패를 맛본 이후, 결국 피터 팬의 작가가 셜록 홈즈에 관한 유명한 패러디를 쓰기에 이르렀다는 사실은 다들 기억하시리라. (제목도 적절하게 「두 협력자의 모험」이었다.) 『마라코트 심해』의 글귀를 통해 우리는 도일과 배리가 함께 크리켓도 했던 사이임을 알 수 있다. 그리고 다시 한 번, 어떻게 그처럼 사적인 글귀가 적힌 책이 양가의 서고를 벗어나게 되었는지 궁금하지 않을 수 없다. 하기야 모든 책은 그 유대감이나 기원이 얼마나 사적이든 간에 결국에는 수집가의 그물망 속으로 헤엄쳐 들어오기 마련인 듯하다. 열의가 과하기는 해도, 수집가란 세상에서 가장 인내심 있는 낚시꾼인 것이다.

III. 탐정소설왕국의 왕관에 박힌 보석

현대 미스터리의 가장 충실한 옹호자 가운데 한 사람은 W. 서머싯 몸이다. 그는 여러 차례 지면을 통해 탐정소설에 대한 존중과 경의를 표한 바 있으며, 1944년에는 그의 장단편 소설이나 희곡에 깃든 것과 똑같은 냉정한 열정을 담아 다음과 같은 글을 쓰기도 했다. "나는 장차 문학사가들이 금세기 전반에 영어 사용자들이 써낸 픽션에 관해 논하는 자리에서 진지한 소설가들의 창작물은 가볍게 지나치고 탐정소설 작가들의 막대하고 다채로운 성취에 주목하게 되리라 생각한다."

한번은 몸 씨가 뉴욕을 방문했을 때 플라자 호텔에서 함께 점심 식사를 한 적이 있다. 우리가 오래도록 품고 있었던, 가장 '절실히 소망했던' 야심을 채워 준 만남이었다. 우리가 두 시간을 함께 하는 동안 과연 무엇에 관해 이야기를 나누었을까? 몸 씨 본인의 고집에 따라, 우리는 탐정소설에 관한 이야기를 나누었다! 그리고 작별 인사를 나누기 직전, 그 매력적인 이는 우리가 소장하고 있던 자신의 저서 『아 왕』(1933)의 속표지에다 다음과 같이 적어 주었다. 노력한다 한들 탐정소설은 쓸 수 없을 W. 서머 싯 몸이. 이런 겸손한 사람을 봤나! 정말이지 이 헌사는 영국식 삼가 말하기의 완벽한 표본이다. W. 서머싯 몸은 우리 시대에서 가장 전문적인 탐정-범죄 단편 소설을 써낸 작가이니 말이다. 수사관 게이즈가 등장하는 작품 「정글 속의 발자국」도 그중한 편인데, 이 작품은 몸 씨가 겸양 어린 태도로 자신의 빼어난능력을 부인하는 헌사를 남긴 바로 그 책에 수록되어 있다. 또한그가 쓴 『어센덴』(1928)은 지금도 영어로 쓰인 첩보 소설 중 최상의 작품에 속한다.

그러니 몸 씨가 우리가 소장한 『어센덴』의 속표지에 적어 준글귀에 관해서는 무어라 말해야 좋을까? 그는 다음과 같이 썼다. 엘러리 퀸의 재능을 부러워하는 W. 서머싯 몸이. 이렇게 칭찬에후한 작가가 세상에 또 있을까?

미스터리계의 고전 사이를 배회하며 기억을 더듬노라니, 탐정소설왕국 왕관에 박힌 보석의 자리는 어떤 책이 차지할 것인지궁금해하지 않을 도리가 없다……. 세 후보를 제시하고자 한다. 유감스럽게도 전부 퀸의 서가에는 없는 책들이다. 하지만 만일장르의 정령이 나타나 장서광으로서 세 개의 소원을 빌어 보라고 한다면, 우리는 주저 없이 지금 마음속에 눈부신 빛을 흩뿌리고 있는 다음 세 권의 저자 서명 초판본을 고를 것이다.

첫 번째 후보는 1843년에 황갈색 커버에 싸인 채 출판된 얇은 책자로, 당시 판매가는 12.5센트였고 그로부터 십일 년이 지난 후—작가가 죽은 지 오 년 후—에도 맨해튼 남부의 풀턴 스트리트 서점에서 불과 삼십팔 센트면 살 수 있었던 책이다. 이 책자는 현재 포 관련 문헌 중에서도 희귀하기로 이름난 물건이다. 바로 『에드거 A. 포의 산문 로맨스』라는 책으로, 「모르그 가의 살인」이 책의 형태로 소개된 것은 바로 이 책을 통해서가 처음이었다. 친애하는 A. S. W. 로젠바흐 박사[5]가 한때 이 얇디얇은 책을 두고 다음과 같이 썼더랬다. "그러나 만일 내가 주머니에 한 권의 책을 넣은 채 죽어 발견된다면, 부디 그 책이 『천로역정』이 아니라 「모르그 가의 살인」 초판본이기를!"

이 비할 데 없는 보석 가운데 세간에 그 존재가 알려진 유일한 저자 증정본은 현재 미 의회 도서관에서 그 존엄함과 고귀함을 누리고 있다. 커버 앞면 상단에는 다음과 같이 적혀 있다.

프랜시스 J. 그런드 님께

존경을 담아 포가

U. S. 호텔

5 미국의 수집가이자 학자이며 희귀서적 판매상.

미 의회 도서관에서는 겉표지 뒷면이 유실되었음에도 이 책에 오만 달러짜리 보험을 들어 두었다고 한다. 하지만 우리가 그런 재화 가치 때문에 이 책자를 최고의 보석으로 꼽은 것은 아니다. 혹은, 조금 더 정직하게 말하자면, 재화 가치는 우리의 고려에서 부차적인 요인에 불과했다 하겠다.

다음에 살펴볼 왕관의 루비 역시 탐정소설의 아버지에게서 나온 책이다. 바로 1845년에 출간되어 오십 센트에 팔렸던 『포의 이야기들』이다. 다시 한 번 로젠바흐 박사의 말을 인용하자면, 『포의 이야기들』은 "인간의 손이 빚어낸 사상 최고의 단편 소설 모음집"이다. 그중 왕가의 쓰개장식으로 걸맞을 판본은 현재 뉴욕 공공 도서관의 '헨리 W. & 앨버트 A. 버그 컬렉션'에 수록돼 있다. 커버 앞면 상단(포가 선호하는 서명 위치였던 걸까?)에는 이렇게 쓰여 있다.

존 비스코 씨께-충심을 담아

E. A. 포

이 『포의 이야기들』 저자 증정본에 가치를 매기기란 어려운 일이다. 우리 짐작으로는 대략 육천 달러 정도 되지 않을까 싶다. 하지만 다시 한 번 말하거니와 이와 같은 감정가를 언급한 것은 그저 흥미로운 정보를 제공하기 위함일 따름이다. 범죄 소설계의 왕관 보석을 선정함에 있어, 우리는 멋대로 가장 값나가는 초판본 셋을 꼽지 않았다. 하지만 상징적인 차원에서 한 군주가 지닌 왕권의 표상이 되기에 충분한 이 세 권의 책이, 현존하는 가장 값비싼 책 혹은 가장 값비싼 책의 축에 속하기도 하다고 한들 그리 놀라운 일은 아니겠다.

세 번째 보석 또한 저자 증정본인데, 다만 거기에는 상상할 수 있는 가장 뻔한 글귀가 적혀 있다. 증정인과 수령인의 이름을 빼면 남는 단어라고는 '에게'와 '가'뿐이다. 그러나 그 안에 담긴 문학적 유대 관계라는 측면에서 보자면 제국의 왕관에 박힌 세 개의 보석 중에서도 단연코 이 세 번째 보석이야말로 가장 엄청나다고 말할 수 있으리라.

포가 서명한 두 권의 책에 추가할 만한 세 번째 책이란 바로 지금도 숱한 평론가들이 사상 가장 빼어나고 중요한 탐정소설로 꼽고 있는 『월장석』(1868)의 초판 저자 증정본이다. 1권 속표지 상단에 굵고 유려한 필체로 적힌 글귀의 내용은 간단하다.

찰스 디킨스에게 윌키 콜린스가

정말이지 이 보석을 우리가 1943년에 실제로 손에 넣을 수도 있었다는 사실을 떠올릴 때마다! ⋯⋯여러분도 이해하시겠지만, 그 어떤 수집가도—책의 지복이 넘실거리는 가장 과격한 꿈속에서조차—포의 헌사가 담긴 두 책을 손에 넣기를 바랄 수는 없다. 탐내고 갈망해 볼 수야 있겠지만, 두 책은 문자 그대로 환상의 책이다. '실제 현실 너머'에 있다는 얘기다. 둘 다 공공기관에 들어가고 말았으니 도리가 없지 않은가. 하지만 콜린스가 디킨스에게 증정한 책은 얼마 전까지만 해도 부유한 수집가라면 손에 넣을 수 있는 곳에 있었다. 1943년에 우리는 그 책을 실제로 보고 만져 봤을 뿐만 아니라 소장할 수도 있었다. 쏟아부을 배추잎만 충분했더라면, 스크라이브너의 희귀 도서 카탈로그 126번 항목으로 올라온 그 세 권짜리 책에 매겨진 상대적으로 낮은 가격을 지불할 만큼만 있었더라면, 고작 2250달러만 있었더라면…….

많은 철학자들이 돈으로는 삶에서 가장 소중한 것을 살 수 없다고 말한다. 그 말이 사실임은 틀림없지만, 그래도 돈이 있으면 강인한 사람마저 흐느끼게 하거나 희열에 몸을 떨게 만드는 보물은 살 수 있는 법이다. 우리처럼 불쌍한 필멸자들이 그 이상 무엇을 바란단 말인가?

후일담: 최근 퀸의 서가에 추가한 품목에 관해 언급해 둬야 할 듯하다. 인정하건대 왕관 보석은 아니며, 포의 두 책처럼 제왕의 지위에 오를 만한 책도 아니지만, 그래도 분명 콜린스가 서명하여 디킨스에게 증정한 『월장석』의 사촌 정도는 되는 책이다.

바로 윌키 콜린스가 쓴 『어두워진 후에』(1856)의 두 권짜리 초판본으로, 그 제본 상태는 처참한 지경이다. 그러나 두 권의 앞표지 안쪽에 붙은 라벨에는 다음과 같은 내용이 적혀 있다. 1870년 6월 개즈힐 플레이스, 찰스 디킨스 서가 소장본. 1권 앞표지 안쪽에는 영국에서 제일가는 소설가의 이름 위에 준엄히 앉아 있는 영국 사자의 모습을 그린 찰스 디킨스의 장서표도 눈에 띈다. 그리고 1권 속표지 상단에는 다음과 같은 헌사가 적혀 있다.

찰스 디킨스에게 저자가

5장
하드보일드 유파의 결점과 미덕

액션을 추구하는 탐정소설—'새로운 충동과 사실성을 지니고 쓰였으며' 오늘날에는 하드보일드 유파로 알려진—이 셜록 홈즈의 탄생 이래로 가장 큰 자극을 안겨 준 흐름이었다는 점과, 그것이 미스터리계 전반에 미친 심원한 영향을 부정하는 평론가는 많지 않을 것이다. 오늘날 그 힘과 분노는 다소 사라진 듯하다. 실제로 많은 평론가들이 하드보일드 유파가 현재 쇠퇴일로를 걷고 있으며 결국 끝을 맞이하리라고 믿고 있다. 그게 사실이라면, 이쯤에서 1920년대 《블랙 마스크》를 통해 출발하여 30년대에 해밋을 통해 치솟은 후 40년대에 챈들러를 통해 낭만화되고 50년대에는 스필레인으로 넘쳐 났던 이 거칠고 터프한 유파의 미덕과 결점에 관해 개괄해 보는 것도 좋겠다 싶다.

수많은 하드보일드 소설의 스타일은 옻으로 칠한 듯 매끈하다. 광택이 나고 얄팍하며 툭하면 부러질 것만 같다. 일부러 절제하는 티가 역력하다. 짧고 딱 부러지면서도 삐딱하다. 대화는 딱딱하고, 속된 말이 뒤섞여 있으며, 반복적이고, 때로는 하찮고 맥락도 없는 말처럼 들리기도 한다. 액션이 곧 터지겠다 싶으면서도 안달이 날 정도로 지연되고 있다는 기분도 든다. 남자 주인공과 여자 주인공의 감정 틈바구니로 도착적인 용맹과 씁쓸한 감상주의가 스멀스멀 스며든다. 이야기가 좀 더 거친 경우에는 살짝 퇴폐의 기운도 드리우는 듯하다.

지금 돌이켜보노라면 거의가 결점이라고 해야 할지도 모르겠으나, 이는 스타일상의 어마어마한 혁신이 이루어지는 와중에 나타난 결점이며, 하드보일드 주의의 위대한 세 V, 즉 박력vigor, 활력vitality, 진실성veracity은 이 결점을 벌충해 주고도 남는다. 그 창시자들과 이해심 많았던 편집자들(조지 서튼, 필 코디, 해리 노스, 그리고 아마도 하드보일드 유파가 만개하는 데에 가장 큰 공헌을 했을, 지금은 고인이 된 '캡' 조셉 T. 쇼) 각각은 뼈처럼 단단하고 금속처럼 빛나는 공로기장을 받아 마땅하다.

어쩌면 배짱과 유혈과 여자로 점철된 이 유파를 가장 잘 요약해 주는 말은 라울 위트필드[1]가 창조한 초기 하드보일드 주인공

---

1 1920년대 중반 《블랙 마스크》를 통해 활동한 하드보일드 탐정소설 작가.

이 했던 발언에서 찾아볼 수 있을지도 모르겠다. "그럴 가치는 없었지만, 그래도 합의했던 일이었다." **그럴 가치는 없었다.** 이 말에서는 냉소주의와 허울뿐인 가치에 대한 태도가 엿보인다. **그래도 합의했던 일이었다.** 이 말에서는 사나이의 말을 명예로운 빚으로 여기며 약속을 어기는 짓은 용서할 수 없는 죄악으로 낙인찍는 격률이 엿보인다. 이 격률은 배신처럼 가혹하며 도둑 간의 의리처럼 감상적이다.

우리는 하드보일드 이야기를 생각할 때면 통상 갱스터와 협잡꾼과 싸구려 사기꾼으로 들끓는 대도시의 암흑가를 떠올린다. 햇빛은 고사하고 신선한 공기조차 좀처럼 들지 않는 그늘지고 어두운 세계다. 어째서인지 광막하게 사방으로 펼쳐진 공간이라든지 비버나 곰이나 여우가 살아가는 숲 같은 곳은 떠올리지 않게 된다. 하지만 숲도 도박굴, 나이트클럽, 빈민가의 은신처만큼이나 매섭고 거친 이야기의 무대가 될 수 있다. 그리고 숲에 사는 강인하고 조용한 동물들 역시 도시 거리의 강인하고 조용한 머저리들만큼이나 무자비해질 수 있다. 세상은 다양한 외면을 지니고 있지만, 생존의 법칙, 사냥꾼과 사냥감의 법칙은 어디서나, 누구에게나, 무엇에게나 기본적으로 동일하다. 분석을 마무리함에 있어, 우리는 모든 탐정소설의 특징을 결코 잊어서는 안 될 것이다. 그 방식이 얼마나 거칠고 조야하든 간에 모든 탐정소설은 정의를 위해 끈질기게 고군분투하는 태도를 지니고 있음을. 사립탐정이 나오는 범죄물은 원시시대의 덫 사냥꾼 이야기와 같은 강맹함과 고집스러움을 지니고 있음을.

6장
탐정소설 기법상의 위대한 개념

H. L. 멩켄[1]이 독립선언서를 영어에서 미국어로 '번역'했던 일을 기억하는가? "인류 역사 속에서 사람들이 자신을 다른 사람들과 연결하는 정치적 속박을 해제하고 지상의 권력 중에서도 자연법과 자연의 신의 법이 부여한 독립적이고 평등한 지위를 취하는 것이 필요하게 될 때에는⋯⋯"으로 시작하는 고귀한 말이 멩켄의 미국어로는 "상황이 하도 뒤죽박죽이라 한 나라의 사람들이 다른 나라랑 연을 끊고 자기들 알아서 살아야겠다 싶을 때는⋯⋯"이 되었다.

---

1 미국의 저널리스트, 에세이스트, 풍자가이자 미국 영어에 관해 연구한 학자.

"우리는 다음과 같은 진실을 자명한 것으로 믿는 바, 모든 사람은 평등하게 창조되었으며……"라는 저 불멸의 말은 멩켄의 신랄한 구어를 통해 "이 문제에 관해서 우리가 할 말이라고는 이것뿐이다. 첫째, 너나 나나 다른 사람들하고 똑같고……"가 되었다.

탐정소설 기법상의 위대한 개념 또한 이와 비슷한 바다의 변화를 겪어 풍요롭고 기이한 것으로 변화했더랬다.[2] 「모르그 가의 살인」(1841)에서 에드거 앨런 포는 다음과 같이 썼다. "자, 우리가 그러했듯 명백한 방법을 통해 이와 같은 결론에 이르렀다면, 이것이 불가능한 일처럼 보인다는 이유 때문에 거부하는 것은 추론가로서 할 일이 아니네. 우리가 해야 할 일이라고는 이 '불가능해' 보이는 것이 실제로는 어떻게 그렇지 않은지를 밝혀내는 일뿐이야."

그 본질상, 이건 핵심 계율 가운데 하나다. 하워드 헤이크래프트[3]는 "이름을 거론할 가치가 있는 모든 픽션 속의 수사관들이 기반으로 삼은" 것이 바로 이 말이라고 언급한 바 있다. 하지만 이 공리는 후대의 대가를 통해서야—그 영예는 마땅히 도일에게 돌아가야 할 터—오늘날 익히 알려진 뚜렷하고 눈부신 선

2 윌리엄 셰익스피어의 희곡 『폭풍우』 1막 2장에서 인용.
3 미국의 탐정소설 전문 편집자이자 역사가.

언의 형태로 바뀌게 된다. 포가 원칙을 고안한 이후 약 반세기가 지난 다음, 『네 사람의 서명』(1890)에서 코난 도일은 셜록 홈즈의 입을 통해 처음으로 다음과 같이 말했다. "불가능한 것들을 제거하고 나면, 남은 것이 **아무리 가능할 법하지 않더라도** 그것이 진실이네." 이 말은 어딘가 필연적으로 들리며, 그렇게 표현의 완성에 이르렀기에 앞으로도 영영 죽지 않을 것이다.

다시 헤이크래프트의 말을 빌리자면, 불가능한 것을 제거하라는 금언은 "덕분에 더 훌륭해진 탐정들이 의지하는 말이자 종종 다른 식으로 고쳐 표현하는 말"이 되었다. 하지만 포─도일의 경구를 버몬트 방언으로 옮긴 공은 클래런스 버딩턴 켈랜드의 스캐터굿 베인스에게 돌아가야 한다. "사실들을 쭉 늘어놓고 뜯어볼작시니 그중 두 개가 진실일 수 있겠다 싶어. 그런데 그중 하나는 진실이 아니란 것을 니가 안다. 그러면 다른 것이 진실이라 그 말인 거라. 그것이 안 그럴 것 같아 보여도 말이지."

켈랜드 씨의 시골 수사관이 활용하는 수사 방식 또한 포의 전통을 따르고 있다. "난 그냥 여기저기 돌아다니면서 이거 저거 물어봐. 그냥 주의를 기울인다, 그것이 다라고. 일이라는 것은 이것이 아니다 싶으면 저것이다는 거를 똑똑히 담아둔 채로 말이지."

7장
셰익스피어가 살아 있었더라면

J. B. 프리스틀리[1]는 《새로운 정치인과 국가》라는 매체의 1949년 5월 7일자 기사를 통해 자신이 잠시 스트래트퍼드 온 에이븐[2]을 방문했던 경험을 술회한다. 우선 그는 풍경을 열정적으로 묘사해댄다. "나는 이보다 더 멋진 전원 풍경을 본 적이 없으니 …… 벚나무가 화사하고 …… 초록빛과 갈색의 무리가 조화를 이루는 가운데 저 멀리 수채로 그린 듯한 푸른빛은 애간장을 녹이고 …… 코츠월드의 석회암은 햇살을 흠뻑 머금고 …… 사촌 사일런스가 양털 같은 나뭇가지 아래 몸을 숨긴 샐로의 과수원

---

1 영국의 소설가, 극작가, 방송인.
2 윌리엄 셰익스피어의 출생지이자 매장지.

같다.[3] 이 얼마나 아름다운 고장인가! …… 여정의 종착지가 아니라 여정 자체가 셰익스피어적이었다. 그의 어깨 너머를 들여다보았다고 해도 좋으리라."

자, 그럼 이 셰익스피어의 마을은 프리스틀리 씨와 같은 걸출한 극작가이자 소설가로 하여금 무엇을 떠올리게 했을까? 사극이나 소설? 소네트의 한 구절? 프리스틀리 씨의 스트래트퍼드 방문은 '적어도 십 년' 만에 처음 있는 일이었건만, 그의 창조적인 정신이 떠올린 것은 다름 아닌—아니, 『좋은 동반자』와 『나도 싸리 덤불』의 작가께서 직접 말씀하시도록 하자.

"엘리자베스 시대를 깊이 연구하던 중 불가사의한 방식으로 살해당한 학자에 관한 멋진 탐정소설이 쓰일 법도 하겠다. 혼란에 빠진 경찰이 사건에서 물러난 후, 괴짜 사립 탐정이 살인자는 바로 스트래트퍼드 마을 의회의 특사였음을 밝혀낸다. 특사의 밀정들이, 셰익스피어가 썼다고 알려진 희곡을 쓴 인물이 사실은 셰익스피어가 아니었음을 그 학자가 증명하기 일보직전이었다는 것을 알아냈기 때문이었다."

아, 추리라는 주제는 이토록 창조적 충동에 박차를 가하나니! 정말이지 셰익스피어가 오늘날 살아 있었더라면 모든 작가 중

---

3 윌리엄 셰익스피어의 『헨리 4세』 3막 2장에서 인용.

가장 위대한 그마저도 여전히 영구한 진리, 즉 광기와 살인에 사로잡혀 있었을 법하지 않은가. 그리고 우리의 윌은 그의 시대에는 아직 나오지 않았던 과학에 영감을 받아 이를 끝까지 밀어붙이지 않았을까? 오늘날 현실에서는 (윌 역시 현실주의자로 남았을 것이 틀림없으니) 치매에도 진단이 따라붙지 않던가? 우리의 현대적인 탐정들 또한 살인의 발뒤꿈치를 졸졸 따라다니지 않던가? 그러니 문학에서도 마찬가지로…….

8장
존 딕슨 카와 클레이튼 로슨의
'밀실' 아이디어 교환

I. 놀라움이 끊이지 않는다

기드온 펠 박사와 H. M.의 창조자인 존 딕슨 카와 위대한 멀리니의 창조자인 클레이튼 로슨[1]은 자기 주인공들이 자주 맞닥뜨리는 주제, 즉 '밀실', '불가능 범죄' 그리고 '마술 같은 살인'에 관해 많은 편지를 주고받았다. 카는 한밤중에 쓴 그 편지들 가운데 하나에서—우리가 보기에는 1940년대 초에 쓴 편지 같은데—자신이 결코 해결책을 제시할 수 없었던 꿈의 플롯 하나를

---

1 미국의 탐정소설 작가, 편집자, 아마추어 마술사.

고백한다. 기본 설정은 간단하다. 한 사람이 평범한 전화 부스에 들어가고—사라진다! 물론 전화 부스는 가짜가 아니다. 밀면 열리는 판도 없고, 바닥에 난 문도 없고, 바닥이 꺼지거나 천장이 열리지도 않는다. 또 물론 이를 진정 '기상천외한 문제'로 만들기 위해서는, 사람이 들어간 직후부터 관찰자가 안을 들여다보고 부스가 비었음을 확인하게 되는 흥미진진한 순간에 이르기까지 전화 부스가 시종일관 관찰자의 시선에서 벗어나지 않아야 할 것이다. 카는 자신이 그와 같은 상황에 지나치다 싶을 정도로 매달려 보았지만 완전히 만족스러운 해결책을 고안해 내지는 못했음을 인정하였다.

몇 년 후인 1948년, 카 씨와 로슨 씨가 퀸의 집 응접실에 모였을 때, 로슨은 자신이 좋아하는 꿈의 플롯에 관해 이야기를 꺼냈다. 한 탐정이 용의자의 아파트에서 용의자를 심문한다. 아파트는 흔히 볼 수 있는 가구들로 들어차 있다. 소파, 의자, 깔개, 피아노, 벽난로 용품 등등. 그런데 탐정이 아파트를 떠났다가 몇 분 후에 다시 돌아오자, 가구 등속 일체—목재, 천, 충전재, 강철, 무쇠, 놋쇠로 된—가 남김없이 사라져 있다! 물론 아파트는 가짜가 아니다. 밀면 열리는 판도 없고, 바닥에 난 문도 없고, 바닥이 꺼지거나 천장이 열리지도 않는다. 또 물론, 이를 진정 '기상천외한 문제'로 만들기 위해서는, 아파트의 출입문과 창문이 시종일관 관찰자의 시선에서 벗어나지 않아야 할 것이다. 로슨은 그와 같은 상황에 한없이 매달려 보았지만 만족스러운 해결책을 고안해 내지 못했음을 인정하였다.

자, 그렇게 우리 모두가 앉아서 두 수수께끼를 요리조리 뜯어보고 있을 때, 문득 카의 눈에서 기이한 빛이 번뜩였고, 다음 순간 로슨의 눈에서도 마찬가지로 기이한 빛이 번뜩였다. 우리의 의식 중 퀸을 담당하고 있는 부분도 열심히 정신을 집중해 가며 전화 부스 안에서 사람을 사라지도록 하거나 트럭 하나 분량의 가구가 허공으로 사라지게 하는 술책을 짜내려 애쓰고 있었다. 하지만 우리는 어떠한 답도 찾을 수 없었다. 그런데 카 씨와 로슨 씨의 눈에는 선명한 광채가 돌았던 것이다.

카가 로슨을 곁눈질로 흘끗 바라보았을 때, 로슨도 마찬가지로 카에게 곁눈질을 던지고 있었다. 그러자 카가 짐짓 무심한 어조로 말했다. "저, 가구를 사라지게 하는 방법을 알 것 같은데." 그러나 카만큼이나 무심한 어조로, 로슨이 말했다. "그게, 나도 전화 부스 안에서 사람이 사라지게 하는 방법을 알 것 같군."

서로 주고받았으니 도둑질은 아니지 않겠는가. 우리가 지켜보는 앞에서, 카와 로슨은 **아이디어를 교환했다!** 카는 로슨에게 전화 부스 수수께끼에 관한 이야기를 써도 된다고 허락했고, 그 답례로 로슨도 카에게 가구 수수께끼에 관한 이야기를 써도 된다고 허락했다. 퀸이 이 거래의 공증인이 되었다.

다시 한 번, 탐정소설계에서는 놀라움이 끊이지 않는다는 것이 증명된 셈이다······.

II. 불가능에서 불不 빼기

밀실의 마술사 카 씨와 로슨 씨 사이에 오고 간 전설 뺨치는 서신들에 관해 좀 더 이야기를 해 보도록 하자······. 독자들은 모를 수도 있겠지만, 모든 작가는 "정말 끝내주는 플롯 아이디어가 있어"라며 찾아오는 친구며 지지자 들에게 시달린다. 불쌍한 작가는 보통 무방비 상태로 구석에 몰린 채 '새로운 아이디어'라는 것을 속속들이 듣고 있어야만 한다. 탐정소설계에서 그 아이디어란 대개는 (1) 루브 골드버그[2]의 상상 속에서나 나옴 직한 있을 법하지 않은 살인용 기계 장치이거나, (2) 1892년 이래로 최소한 열두 번은 사용된 탓에 이미 오래전에 고이 사장된 장치이거나, (3) 극적 가능성이 전무하여 노련한 작가라면 누구나 대번에 묵살할 만한 술책이기 마련이다.

세 번째 범주에 관해서, 아서 트레인이 썼던 다음과 같은 글이 떠오른다. "출판물의 형태로 터트 씨를 처음 선보인 이래, 나는 수천 통의 편지를 받았다. ······ 그의 다음 모험에 관한 제안

2 미국의 만화가. 지극히 단순한 일을 과도하게 복잡한 절차를 거쳐 처리하는 비효율적인 기계 장치인 '루브 골드버그 머신'을 그린 것으로 유명하다.

이 담긴 편지들이었다. 그중에서도 변호사들이 보낸 편지가 다수를 차지했는데, 자신들이 법정 안팎에서 겪은 자기들 딴에는 흥미진진하고 스릴 넘쳤던 법조계 경험을 써 보라는 내용이었다. 신기한 점은 …… 십 년 넘게 받아온 그 많은 편지 중에서 픽션으로서 조금이나마 가치가 있는 편지는 …… 한 통뿐이었다는 사실이다."

클레이튼 로슨은 직업이 탐정소설 작가인 데다 취미로 마술사까지 겸하고 있어서 두 배로 시달렸다. 그런데 아서 트레인과 마찬가지로 외부인이 보내온 제안들 가운데 예외가 하나 있었다. 한번은 로슨 씨가 정신술사[3]이자 마술사이며 왕성한 마술 트릭 발명가이기도 한 테드 앤먼과 직업상의 대화를 나누고 있었다. 앤먼 씨는 작업에 임할 때 웬만해서는 최소한의 손기술만을 사용한다. 대신 그는 간단함과 정교함을 사악할 정도로 교묘히 뒤섞는다. 로슨 씨에게 제안한 살인자를 밀실에서 사라지게 하는 방법 역시 바로 이 두 요소를 결합한 것이었다.

로슨 씨는 즉각 그 수법이 '꿀'임을 알아챘지만, 마침 그때는 다른 일로 바빴던 탓에 아이디어 수첩에 적어 놓기만 하고 넘어갔다. 그렇게 시간이 흐르고 존 딕슨 카와 서신을 교환하며 불

---

3 최면, 투시력, 염동력 등 정신의 힘을 이용한 공연을 전문으로 하는 사람.

가능 범죄에 관한 서로의 집착을 이야기하던 중, 앤먼의 속임수가 다시 떠올랐다. 당시 카 씨는 로슨 씨에게 다음과 같이 썼다. "자네도 말했지만, 주의를 기울이지 않았다가는 우리 둘 다 같은 플롯에 발이 걸려 넘어지는 불상사가 벌어질거야." 그리고 몇 문장 뒤에, 카는 다음과 같이 덧붙였다. "내가 생각하기에 가장 완벽한 불가능 상황이라면 그 비밀을 네다섯 줄만으로 설명할 수 있어야 할 것이네."

자, 로슨 씨는 혼자 씩 웃었다. 자신에게는 가능한 이야기였다. 자신에게는 완벽한 불가능 상황과 완벽한 해결책이 있었고, 이는 이전에 한 번도 사용된 적이 없는 것이었다. 그리하여 로슨 씨는 자신을 억제하지 못하고 도전하는 듯한 어조로 카에게 다음과 같은 편지를 썼다. "내겐 그런 상황이 있지. 피해자가 발견된 방의 모든 출입구는 안쪽에서 접착테이프로 발라 막혀 있었고, 살인자는 그 방 안에서 사라졌어. 그리고 이 상황에 대한 설명은 어찌나 간단한지 핀 머리에라도 새길 수 있을 정도라네." 그리고 물론 자신의 동료가 며칠 동안 잠 못 드는 밤을 보내기를 바라는 마음으로, 로슨 씨는 주의 깊게 해결책은 편지에서 빠뜨렸다.

그런데 이게 웬걸, 카 씨가 도전을 받아들였다. 그는 다음과 같은 답장을 보냈다. "자네의 접착테이프 살인이 흥미를 끌더군. 현재 비슷한 방식으로 막혀 있는 방 안에서 완전히 사라지는 방법을 찾고자 도전하는 중이네." 그렇게, 전에 예언한 그대로, 로슨 씨와 카 씨는 같은 플롯 아이디어에 걸려 넘어지게 된 것이다. 하지만 불면증의 방향은 반대였다. 이제 잠 못 드는 밤을 보내게 된 쪽은 로슨이었다. 카가 자신과 똑같은 해결책을 내놓을까 봐 말이다!

접착테이프 살인에 관한 카 씨의 해결책이 먼저 출간되었다. 이 이야기는 카터 딕슨 명의로 쓴 장편 『파충류관의 살인He Wouldn't Kill Patience』에 실려 있다. 로슨 씨의 해결책도 결국에는 「다른 세계에서 온 것」이라는 제목의 단편으로 출간되었다. 도전한 사람과 도전받은 사람 양쪽에게 다행스럽게도, 두 해결책은 완전히 다르다. 하지만 여러분이 두 작품을 읽어 보았다면, 기상천외한 문제의 대가 두 사람이 불가능에서 '불'을 빼는 데에 성공했음을 아시리라.

9장
탐정소설 작가의 서명은
얼마만큼의 가치가 있을까

작가의 서명은 돈으로 얼마만큼의 가치가 있을까? 탐정소설 작가의 서명 중에서 가장 값비싼 것은 물론 그 선구자의 서명이다. 연대순이나 창의성, 그리고 비평적 평가에 있어 맨 첫머리에 놓이는 작가답게, 에드거 앨런 포의 아름답고 또렷하고 예술적인 친필은 금전 가치에 있어서도 선두를 달린다. 여기에 안타까운 아이러니가 있다면, 오늘날 포의 서명이 지닌 값어치는 실제로 포가 그 많은 소설과 시를 써서 벌었던 돈의 가치보다 더 높으며—심지어 당시에는 거절당했던 자필 원고조차 그렇다—문학적 가치를 지닌 포의 편지 한 통이면 그가 평생에 걸쳐 소설과 시로 벌어들인 돈 전부보다 더 많은 돈을 벌 수 있다는 사실이다! 오늘날 포가 쓴 편지는 그 내용이 아무리 하찮더라도 최소한 천 달러의 가치를 지닐 것이며, 불과 몇 년 전에는 포가 쓴 편지 세 통이 경매에서 거의 구천 달러에 팔린 적도 있다. 믿지 못하겠지만 포의 편지를 위조한 위조품이—위조를 인정했고, 위조임이 증명됐는데도—경매에서 칠십오 달러까지 올라갔던 것 역시 틀림없는 사실이다. 편지나 편지봉투에서 잘라낸 포의 서명만 해도 이제는 아마 족히 백 달러에 팔릴 것이다.

하지만 이건 탐정소설 작가 중에서도 성층권에 도달한 작가의 서명이 지닌 가치다. 이제 지표면으로 돌아오도록 하자. 지금 우리 앞에는 1946년 7월에 출간된 '더없이 흥미롭고 다양한 유명인사들의 서명 컬렉션' 등사판 카탈로그가 놓여 있는데, 고백컨대 이 목록을 일별하는 과정에서 정신이 아득해졌다. 이건 지표면으로 돌아온 정도가 아니라 땅속에 처박힌 셈이 아닌가! 탐정소설을 쓴 작가 중에서 클리블랜드 모펫과 S. J. 페렐먼의 서명은—지금 진지하게 하는 얘기다. 우리가 정색하고 있다고 해도 좋다—각각 십 센트에 팔리고 있었다! 십오 센트 급의 작가로는 엘리자베스 생제이 홀딩, 패니 허스트, 클래런스 버딩턴 켈랜드, 브랜더 매튜스, 아치 오볼러, 그리고 메리 로버츠 라인하트가 이름을 올리고 있었다.

중개인만이 아는 이유에 따라, 루퍼트 휴즈와 캐슬린 노리스의 가격은 더 높았다. 각각 이십 센트다. 그리고 마리 벨록 로운즈와 휴 로프팅의 서명은 상대적으로 비쌌다. 각각 이십오 센트다. 어쩌면 이는 그저 수요와 공급의 법칙에 따른 것인지도 모르겠다. 이를 관장하는 쌍둥이 신의 이름은 아마 경과 제일 테고 말이지.

그런가 하면 우리 앞에 놓여 있는 또 다른 중개인의 카탈로그 역시 '훌륭한 서명 컬렉션을 염가에' 제공한다고 하는데, 이쪽은 감정가를 한결 높이 쳐줘서 '품목당 오십 센트'다. 그렇다. 오십 센트만 있으면—1946년에는—로버트 프로스트, 윌리엄 로즈 베넷, 로드 매콜리, 존 도스 파소스, 해롤드 벨 라이트와 같은 진지한 작가들의 서명을 사들일 수 있었던 거다. 또한 오십 센트 품목에는 흔한 탐정소설 작가들을 대변하는 존재, 바로 엘러리 퀸의 서명도 있다. 깊은 감사와 영광의 말씀을 전하는 바이다.

인플레이션에 관한 첨언: 위에 인용한 가격은 1946년의 시가다. 지난 십 년 사이에 작가들의 서명이 지닌 가치에는 어떤 변화가 있었을까? 자, 우리 앞에 또 다른 등사판 카탈로그가 있다. 이번에는 1956년 7월 판인데, 오호라, 인플레이션이 시작되었구나! 옥타버스 로이 코헨의 서명은 일 달러다. 크리스토퍼 몰리는 일 달러 오십 센트, 엘리스 파커 버틀러는 이 달러, E. W. 호눙과 W. 서머싯 몸은 각각 상대적으로 천문학적인 숫자인 삼 달러 오십 센트 되시겠다. 윌리엄 로즈 베넷은 놀랍게도 지난 십 년 사이에 오십 센트에서 일 달러 오십 센트로 올랐다.

그렇다면 흔한 탐정소설 작가는 어떻게 되었을까? 다시 한 번 퀸이 탐정소설가 일족 전체를 대변한다고 가정하기로 하자. 1956년의 서명 판매자는 퀸이 쓴 편지 두 통을 목록에 올려놓고 있다. 하나는 일 달러고 다른 하나는 일 달러 오십 센트인데…… 우리가 누구에게 썼던 편지인 걸까? 그리고 왜 한 통이 다른 한 통보다 오십 센트 더 비싼 거지?

디플레이션에 관한 첨언: 옛날 옛적, 퀸 가문의 아이들이 보다 어렸(고 수도 적었)을 때, 퀸 가문의 딸아이 하나가 아버지에게 와서는 중학교에 다니는 자기 친구가 퀸의 열렬한 팬인데 그 위대한 이의 서명을 간직하고 싶어 하더라는 가슴 따뜻한 소식을 전해 주었다. 퀸은 있는 힘껏 겸손을 발휘하며 감사를 표하였다. 하지만 시간이 지남에 따라 작은 수수께끼 하나가 표면으로 떠오르기 시작했다. 동네 중학교 하나에 퀸의 팬이 그렇게 많을 수도 있는 건가? 몇 년이 지난 후에야 수수께끼가 풀렸다. 퀸이 밝혀낸바, 그의 딸은 (고 요망한 것!) 서명을 하나당 이십오 센트에 **팔았던** 데다, 이따금 사업이 위태로운 지경에 처할 때면 값을 깎아 주기까지 했던 것이다!

10장
시간에 맞서서

크레이그 라이스는 1946년 1월 28일 《타임》지를 통해 그녀의 역량을 인정받았다. 표지에는 아르치바셰프[1]가 그린 컬러 초상화가 실렸다. 보라색 배경에서는 팔이 여섯 개 달린 희뿌연 유령이—다리 여섯 개짜리 문어처럼—타자기의 키에서 소름끼치게 솟아오르고 있었다. 악령은 검은 가면을 쓰고 있었고 그의 (그녀의?) 여섯 손은 왼쪽에서부터 각각 단검, 밧줄(올가미처럼 만들어 두 손으로 쥐고 있다), 독약이 든 병, 자동권총, 그리고 피하주사기를 쥐고 있었다. (둔기는 묘사하지 않은 화가의 비범한 절

---

1 보리스 아르치바셰프. 초현실적인 작풍으로 유명했던 우크라이나 태생의 미국 삽화가.

제에 찬사를 보내는 바이다. 아니면 두들겨 패는 것은 유행이 지났나?) 그리고 《타임》지 안에는 크레이그라고 알려진 숙녀의 과거, 현재, 그리고 미래에 대한 전망을 세 쪽에 걸쳐 다룬 기사가 실려 있었다.

《타임》의 소개를 놓치신 분들을 위해 몇 가지 핵심만 짚어 보자면…… 크레이그 라이스는 열여덟 살에서 서른 살이 되기까지 열두 해 동안 보헤미아 스타일의 삶에 탐닉했다. 세 번의 결혼 시도는 실패로 돌아갔고, 시와 소설과 음악을 써 보려다가 무수한 좌절을 겪었다……. 미국 특유의 탐정소설 양식은 (《타임》에 따르면) 거칠고, 하드보일드하고, 괴팍한 것이 특징이라고들 한다. 폭음과 익살과 살인의 결합이라고나 할까. 《타임》에 따르면, 크레이그 라이스는 이 유파의 사실상 유일한 여성 작가다. 나아가 이 미국적 장르는 탐정 익살극으로 뻗어가기 마련인데, 크레이그 라이스는 그 주창자이기도 하다. 그녀는 (여전히 《타임》 인용이다) 흥분과 즐거움이 뒤섞여 고조된 분위기 속에서 부정한 삶과 극악무도한 죽음을 다루어 냈다. 그 흥분은 일종의 사실주의—갱스터나 여타 추악한 범죄자의 무자비함과 궤를 같이하는 부류의 사실주의—에서 기인한 것이며, (《타임》의 평가에 따르면) 헤밍웨이 타입의 대화와 딱 들어맞는다…….

또한 《타임》의 이어지는 설명에 우리는 명치를 정통으로 얻어맞고 심판이 아홉까지 셀 동안 뻗어 있어야 했다. "탐정소설 작가로서는 여자들이 언제나 탁월하였다."

탁월

[자동사] 다른 사람보다 더 낫거나 우월한 성취를 이루다.

비틀거리며 일어난 우리는 간신히 남은 자존감과 힘을 끌어
모아 《타임》의 편집자들에게 다음과 같은 작가들의 이름은 들어
본 적이나 있느냐고 물었다. 에드거 앨런 포, 에밀 가보리오, 윌
키 콜린스, A. 코난 도일, R. 오스틴 프리먼, G. K. 체스터튼, 멜
빌 데이비슨 포스트, E. C. 벤틀리, 어니스트 브라마, 프리먼 윌
스 크로프츠, H. C. 베일리, 에드거 월래스, 필립 맥도널드, 존
로드, 앤소니 버클리, 프랜시스 아일스, 얼 데어 비거스, S. S. 밴
다인, 대실 해밋, 존 딕슨 카, 얼 스탠리 가드너, 조르주 심농,
렉스 스타우트, 에릭 앰블러, 코넬 울리치, 레이먼드 챈들러—
한없이 나열하기에는 지면이 한정된 탓에 여기 거론하지 못한
그 외 훌륭하고 참된 남성분들께 사과의 말씀을 전하는 바이다.
물론 우리는 크레이그의 땅에서 거둔 쌀[2]이라면 뭐든 믿고 먹
겠지만…… 아니다, 이후의 반박은 다음의 유명한 증인들을 증

---

2 크레이그 라이스의 이름 '라이스(Rice)'가 쌀이라는 뜻에서 착안한 농담.

언대 위에 세우는 것으로 대신하도록 하자.[3]

셰익스피어: 모든 이가 시간의 주인이 되게 하라.[4]

올리버 웬델 홈즈: 시간이란 노물은 거짓말쟁이일지니![5]

벤 존슨: 시간, 그 늙고 뻔뻔한 사기꾼.[6]

헨리 워즈워스 롱펠로: 시간은 그 난폭한 손길로 인간의 생명책에서 책장을 반절이나 찢어 낸다.[7]

밀턴: 시간, 그 간교한 도둑.[8]

플라톤: 세월이 흐름에 따라 시간은 많은 의견을 바꾸고 심지어 뒤집기까지 할 것이라네.[9]

3 이하는 《타임》이 '시간'이라는 뜻을 지녔다는 데에서 착안한 농담.
4 윌리엄 셰익스피어의 『맥베스』 3막 1장에서 인용.
5 올리버 웬델 홈즈는 미국의 의사, 시인. 시 「소년들」에서 인용.
6 벤 존슨은 르네상스 시대의 극작가, 시인, 배우. 희곡 『서투른 시인』 1막 1장에서 인용.
7 헨리 워즈워스 롱펠로는 미국의 시인, 교수. 소설 『히페리온』 4권 8장에서 인용.
8 존 밀턴은 영국의 시인, 청교도 사상가. 소네트 7번에서 인용.
9 플라톤의 『법률』에서 인용.

11장
탐정소설의 아이디어에 관하여

탐정소설을 쓰는 작가가 가장 자주 듣는 질문은 단연 이것이다. 세상에 도대체 아이디어를 어디서 얻으세요? 그에 대한 답이 「도둑맞은 편지」에서 탄생한 전통에 뿌리를 두고 있다는 사실에서 인과응포Poetic justice의 심원함을 실감하지 않을 수 없다. 그답은 너무나도 분명한 탓에 보이지 않으며, 너무나도 명백한 탓에 예측불허로 느껴지는 것이다. 탐정소설에 대한 아이디어는 모든 곳에 널려 있다. 문자 그대로, 우리 주변 사방에 있다. 따라서 질문에 대한 답은 무언가를 숨길 때 가장 숨길 법하지 않은 곳에 숨긴다는 포의 구상을 따라 질문 자체에 담겨 있다. 세상에 도대체 아이디어를 어디에서 얻으세요? 물론 세상에서죠.

그렇게 간단한 얘기다. 그리고 그게 진실이다. 성격상의 작은

기벽에서든, 과학적 사실에서든, 색다른 상황에서든―어디에
서든 무엇에서든, 출발점이, 탐정소설의 근원이라 할 만한 것이
나올 수 있다. 정말이지 시작이란 무수히 많은 것이다.

우리가 쓴 소설의 아이디어는 어디에서 나왔는지 되짚어보
고 있노라니, 한번은 누군가가 무심코 내뱉었던 케케묵은 험담
을 들었던 기억이 난다. "그 여자는 남자들에게서 최악의 면을
끌어 내는 그런 여자야." 그 한마디가 캐릭터를 원인으로, 사건
을 결과로 삼는 연쇄반응을 촉발한 끝에 결국 장편 소설로 이어
졌다. 그런가 하면 또 한번은 우리가 담배를 너무 많이 피워 재
떨이가 너무 빨리 찬다고 책망하는 소리를 들은 적도 있는데, 당
시 우리는 농담 삼아 이렇게 항변했더랬다. "그럼 꽁초를 어디
다 버리나? 천장에?" 바로 그 바보 같은 대꾸가 몇 개월간의 계
획과 구성과 숙고와 선별을 거친 끝에 『중국 오렌지 미스터리』라
는 제목의 소설로 탄생했다.

그 밖에 한 지하철 포스터에 그려진 콧수염 낙서가 단편 소설
로 이어진 적도 있다. 에바 르 갈리엔이 출연한 〈이상한 나라의
앨리스〉를 시청하다가 단편 소설 아이디어가 떠오른 적도 있다.
그 외에도 이런 예는 무수히 많다. 함께 점심 식사를 하던 영국
교수가 내뱉은 두음전환 실수(첫 번째 코스로 '귀여운 프록테일'[1]
을 주문하는 게 아닌가!), 우표 수집 취미, 케이프 코드 여행, 유
원지 방문, 흥미로운 말장난을 내포한 오타……, 이런 것들 모

두가 이런저런 픽션의 형태를 취하게 되었다.

정말이지 작가가 하나의 이야기를 시작하는 데에는 많은 것이 필요하지 않다⋯⋯. 대다수 사람들은 사소하다 여길 만한 사건, 신문 구석에 실린 기사, 특이한 통계, 기차나 파티에서 귓가에 스친 대화 한 자락—이런 보잘 것 없는 디테일이 번뜩이는 기획을 자아낸다⋯⋯. 여기서 솜 한 움큼, 저기서 솜 한 움큼, 그런 다음 정신의 물레바퀴가 돌아가면, 보시라—이야기 실이 나온다!

그렇다. 작가의 무의식이란 진정 도가니탕이다. 그 안은 '-주의'보다는 읽기, 엿듣기, 경험하기, 궁금해하기, 말하기, 탐색하기, 보기, 느끼기, 실험하기 등등 인생의 온갖 '-하기'로 가득하다. 혹은 다른 방식으로 말해 보자. 오직 창조적인 정신만이 진정한 현자의 돌[2]이며, 창조적인 예술가만이 진정한 연금술사라고. 정신과 인간은 무형의 것을 유형의 것으로 바꿔 놓는 기적을 만들어 낸다⋯⋯.

---

1 두음전환은 연이은 두 단어의 첫 음절을 바꾸어 말하는 실수를 가리킨다. 여기서는 과일 칵테일(fruit cocktail)을 귀여운 프록테일(cute frocktail)로 잘못 말하고 있다.
2 중세 연금술사들이 금속을 황금으로 바꾸어 준다고 믿었던 가상의 물질.

12장
엘러리 퀸 주년

　지금도 거의 똑똑히 기억하고 있다. 1946년 9월 말의 일이었다. 당시 우리는 브루클린에 살고 있었다. 월트 위트먼[1]과 다저스 야구팀[2]의 고장 말이다. 전화벨이 울려 수화기를 들었더니 크리스토퍼 몰리[3]의 상냥하고 감미로운 목소리가 들려왔다. "자네들 퀸 주년 축하하네!"

　어리둥절해진 우리가 대답했다. "고마워, 크리스—그런데 퀸

1　미국의 시인, 수필가, 기자.
2　현 미국프로야구 팀 LA 다저스의 전신. 이 책이 처음 출간된 1957년까지는 뉴욕 브루클린을 연고로 하고 있었다.
3　미국의 저널리스트, 소설가, 시인.

주년이 뭔가?"

몰리 씨가 말했다. "그럼 이렇게 말해 볼까. 자네들 엘러리 퀸 주년 축하하네!"

그리고 동이 텄다. 그날은 《엘러리 퀸 미스터리 매거진》의 창간 5주년—퀸 주년—이었다.[4] 그걸 기억하는 사람은 저 친절하고 상냥한 친구 크리스토퍼 몰리뿐이었다! 슬픈 사실이지만 심지어 우리조차도 그날이 지닌 특별한 의의를 깨닫지 못한 채 아침을 맞이했던 것이다.

몰리 씨는 계속해서 이렇게 말했다. "엘러리, 내가 자네들이라면 오늘 하루는 쉬면서 축하하려네. 어차피 자네들은 일을 너무 열심히 하잖나."

탁월한 제안이었다. 우리는 아직 읽지 않은 원고와, 답장을 보내지 않은 서신과, 고치지 않은 교정쇄가 높이 쌓인 책상을 살펴본 다음, 비유적인 의미에서 손가락을 튕겨 딱 소리를 내고는 이벳 필드[5]로 느긋하게 걸어가 저 영광스러운 놈팡이들을 구경했다.

---

4 영어의 quinquennium은 라틴어에서 파생된 단어로, '5년간'을 가리키는 말이다. 여기에서는 크리스토퍼 몰리가 발음의 유사성을 이용해 말장난을 하고 있기에 '퀸 주년'으로 옮겼다.
5 브루클린 다저스의 홈구장이었던 경기장.

13장
세계 최초의 여성 탐정은 누구인가

I. 최초의 여성 탐정

천지가 창조됐을 때, 남자가 먼저 나고 그다음 여자가 나왔다. 하느님께서 그렇게 정하셨다. 픽션 속의 탐정이 창조됐을 때도, 남자가 먼저 나고 그다음 여자가 나왔다. 인간이 그렇게 정하였다.

문학에서 최초의 진정한 탐정은 1841년에 알을 깨고 나왔으며, 날 때부터 '다 자란 채 완전무장을 하고' 등장했다. 바로 그 영영 잊지 못할 해에 에드거 앨런 포가 세계 최초의 탐정소설 「모르그 가의 살인」을 썼으니, 거기서 자신의 형상을 본떠 모든 픽션 속 탐정들의 아담에 해당하는 C. 오귀스트 뒤팽을 빚어내었다.

자, 뒤팽이 아담이라면 이브는 누구일까? 이십 년이 넘도록 우리는 세계 최초의 여성 탐정은 파스칼 부인이라는 인물이며, 그녀가 처음 맵시를 뽐낸 것은 1861년 『어느 숙녀 탐정의 경험』 이라는 제목의 책을 통해서였으리라 믿어 왔다. 우리의 믿음은 아마도 사상 최고의 탐정소설 카탈로그일, 1935년에 발간된 스크라이브너 사 카탈로그 번호 98번 『탐정소설 컬렉션』에 근거한 것으로, 엮은이는 존 카터와 데이빗 A. 랜달이라고 한다. 이 책 48번 항목은 다음과 같다.

'익명 여성' 등이 씀. 『어느 숙녀 탐정의 경험』.
런던: C. H. 클라크, 날짜 미상, [1882년경]. 초기 판본.
삽화 게재. 상태 낡음. 희귀본. 1861년 처음 출간.
탐정: 파스칼 부인.

우리는 1861년이라는 연도를 의심 없이 믿었다. 1861년 초판본을 찾을 수 없었던 것은 사실이지만, 찾으려는 노력이 부족해서는 아니었다. 수년 동안 서적 탐색가와 서적상 들에게 있을 곳 없을 곳을 다 뒤져 보도록 했으나, 1861년 판은 우리의 끈질긴 노력을 피해 다녔다. 파스칼 부인의 모험을 수록한 『어느 숙녀 탐정의 폭로』라는 책을 찾기는 했다. 하지만 이 책은 초판이

1864년에 출간됐고 제목도 달랐기 때문에, 아마도 시리즈 두 번째 작품에 해당하는 속편이겠거니 싶었다.

그러던 중 『어느 숙녀 탐정의 폭로』 복각판을 발견하게 됐다. 두 번째 책을 다시 출간한 판본이 분명했다. 우리는 이 복각판을 훑어보다가 이상한 점을 발견하고는 깜짝 놀랐다. 분명 겉표지 앞면과 책등에는 『어느 숙녀 탐정의 폭로』라는 제목이 적혀 있는데, 속표지에는 『어느 숙녀 탐정의 경험』이라는 제목이 선명히 박혀 있는 것이 아닌가. 1861년에 나왔다는, 구할 길 없는 첫 번째 책의 제목이 말이다. 우리는 자문했다. 혹시 스크라이브너 카탈로그에 실수가 있었던 것은 아닐까? 1861년 판본은 존재하지 않으며, 파스칼 부인이 최초로 등장한 것은 1864년 『어느 숙녀 탐정의 폭로』라는 책에서가 아니었을까? 스크라이브너 카탈로그에서도 실제로 거론한 판본은 1861년 '초판'이 아니라 복각판이 아니었던가. 이제 보니 그 복각판이 속표지에 『어느 숙녀 탐정의 경험』이라는 제목을 달고 있었고 말이다.

이렇게 되면 할 일은 한 가지뿐이다. 공식 저작권 기록을 보유하고 있는 대영 박물관에 문의하는 수밖에. 알고 보니 대영 박물관은 『폭로』의 1864년 초판을 소장하고 있었고, 『경험』이라는 제목을 다시 달고 1884년에 나온 것으로 추정되는 복각판도 소장하고 있었다. 하지만 1861년에 『어느 숙녀 탐정의 경험』이라는 제목으로 출간된 책의 실물이나 그에 관한 항목은 없었다.

결론이 확고해졌다. 파스칼 부인은 1861년이 아니라 1864년에 태어났다. 그리고 이 새로운 발견은, 어쩌면 오랫동안 믿어 왔던 바와는 달리 파스칼 부인이 세계 최초의 여성 탐정이 아닐 수도 있음을 암시했다.

　우리에게 있는 기록을 뒤져 보았다. 파스칼 부인의 출생년도가 원래 가정했던 것보다 삼 년 늦춰진 만큼, 그에 앞서 다른 숙녀 탐정이 등장했을 가능성도 있지 않을까? 가능한 일이었을 뿐만 아니라, 실제로도 그러했다. 다시 한 번 대영박물관이 제공한 판권 자료의 도움을 받아 밝혀낸 바에 따르면, 앤드루 포레스터 주니어의 『여성 탐정』 역시 1864년에 태어났으며, 익명의 여성이 창조한 파스칼 부인보다 족히 여섯 달은 먼저 나왔던 것이다!

　그럼 이 탐정계의 새로운 이브는 과연 어떤 인물일까? ……처음에는 우리를 혼란스럽게 하고, 다음에는 완전히 알았다 싶은 지경까지 유도했다가, 다시 불가해한 수수께끼 속에 파묻히도록 남겨 놓고 떠나는 모습이 실로 여느 시대의 여자와 마찬가지가 아닌가? 최초의 여성 탐정을 창조한 작가의 이름도 알고, 처음 선을 보인 정확한 날짜도 아는데(1864년 7월 2일), 아직도 그녀의 이름은 모르니 말이다!

　포레스터의 책에 등장하는 숙녀 탐정은 자신의 본명을 절대 밝히지 않는다. 그건 나이를 알려 주지 않는 것만큼이나 못된 짓이다. 아니, 그보다 더하다. 정말이지 이 최초의 여성 탐정은 책의 마지막 장에 이르기까지 거의 모든 기본 정보에 관해 화가 날 정도로 입을 다물고만 있다. 자신을 소개할 때도 다음과 같은 물음으로 시작한다. "내가 누구냐고?" 그리고 대답. "내가 누구인지는 별로 중요하지 않다." (물론 그녀도 몰라서 하는 소리는 아니다. 그건 엄청 중요한 문제다!)

하지만 그녀도 완벽한 스핑크스는 아니다. 그녀는 우리에게 자신이 "이 직업을 택하게 된 것은…… 먹고살 다른 방법이 없었기 때문"이라고 말한다. (마치 세상에서 가장 오래된 직업[1]에 관한 이야기 같지만, 물론 그렇지 않다!) 그녀는 또한 자신이 왜 이 책을 쓰게 되었는지에 관해서도 설명한다. "내 경험을 통해서 우리 사회가 탐정에게 어느 정도 고마워할 줄 알아야 함을 보여 주기 위해서다." 범죄자 중에는 남성도 있고 여성도 있기 때문에, "자연히 탐정 역시 남성과 여성 양쪽을 필요로 한다." 하지만 1864년에나 1956년에나 여자의 본질은 동일하다. 최초의 여성 탐정은 솔직하고 신랄하며, 다른 여성들에 관한 의견을 거침없이 표한다. 그녀는 이렇게 주장한다. "내 경험을 토대로 볼 때 여자가 범죄자가 될 경우에는 평균적인 남성 범죄자보다 훨

---

1 매춘부를 가리키는 관용적인 표현.

씬 더 악랄해진다."

아, 1864년의 독설가는 고양이의 혀와 독사의 이빨을 지녔도다! (하지만 이건 1864년에는 이미 흔한 불평이었다. 호메로스도 이렇게 말하지 않았던가. "마음이 악으로 기운 여인보다 더 잔혹한 악마는 없다."[2])

최초의 여성 탐정은 "자신의 직업이 사람들이 경멸하는 직업"임을 철저히 의식하고 있지만 그럼에도 꿋꿋하게 "부끄럽지 않다"고 말하면서, 나아가 오직 여성 탐정들만이 어떤 발견을 이루어 내었던 무수한 사례를 거론하며 여성 탐정의 존재를 옹호하고자 한다. 그녀는 다음과 같이 간결하게 설명한다. "이러한 발견들의 성격에 관해서라면 여기에서는 가볍게 암시만 해 둘 터인즉, 그중 상당수는 그 성격이 너무나 뚜렷한 관계로 이러한 종류의 작품이나 오늘날 출간되는 책에서 자세한 부분까지 거론하기에는 적절치 않은 탓이다. 그러나 자세한 내용을 들여다보지 않더라도 독자들은 남자는 섣불리 엿들을 수 없는 사안을 가까이에서 관찰하거나 주시하는 데에는 여자 탐정의 입장이 훨씬 용이하다는 점을 이해하실 수 있으리라." 실로 그러하다. 그리고 이 얼마나 고상한 설명이란 말인가! 1864년의 규방이 1956년

2 호메로스의 『오디세이아』 11권에서 인용.

의 파우더 룸만큼이나 신성불가침 구역이었음을 증명하는 구절이라 하겠다.

그러나 우리의 최초의 여성 탐정은 또한 그 증손녀만큼이나 애간장을 태울 줄도 알았다. 그녀는 자신을 가리키는 이름을 알려 준다. 그것은 일종의 가명, 더 정확히는 '비밀경찰'의 구성원으로서 활동함을 선언하는 전투용 이름이다. 때때로 그녀는 자신을 '글래든 양'이라고 부르며, '일당 혹은 주당으로 일하는 여성용 모자 및 드레스 재봉사'임을 자처한다.

뭐, 어떤 이름이든 장미는 우리의 마음을 기쁘게 해 주는 법. 경의를 표하는 바입니다, 1864년의 해방 직업여성이여!

II. 최초의 탐정 가족

"같은 종種 안에서라면 여성이 남성보다 더 치명적이니"라는 말을 처음 한 것은 러디어드 키플링[3]이었다. 이러한 견해를 살짝만 뒤틀어 보면, 같은 종 안에서 여성 탐정은, 북서기마경찰대의 형제들과 마찬가지로, 언제나 노리는 자를 잡는다는 뜻으로 해석할 수도 있다.[4] 그러한 운명의 작용을 보여 주는 흥미로

3 영국의 소설가, 시인. 시 「같은 종의 여성」에서 인용.

운 사례로 M. 맥도넬 보드킨이 쓴 작품들을 들 수 있다. 이야기는 다음과 같다.

1898년 보드킨 씨는 폴 벡이라는 이름의 남성 탐정을 창조했다. 현재는 거의 잊힌 작품인 「엄지 탐정의 규칙」에서였다. 이년 후인 1900년에는 보드킨 씨의 여성 탐정인 도라 미어가 유쾌한 모험을 시작하였다. 남성 탐정과 여성 탐정을 하나씩 창조했으니, 보드킨 씨처럼 창작력이 왕성한 작가라면 이제 소년 탐정이나 소녀 탐정을 내놓으리라 기대해 볼 법도 하겠다. 아, 하지만 인내심을 가지시라, 친애하는 독자들이여! 보드킨 씨는 필시 유전학을 공부한 모양으로, 먼저 일종의 중간 단계가 필요하다고 느꼈다. 실제로도 그렇지 않은가.

그래서 작가는 자신의 남성 탐정과 여성 탐정을 적수로 만든다는 기발한 생각을 떠올렸다. 이 충돌은 1909년에 『폴 벡의 포획』이라는 제목의 소설을 통해 실현됐다. (제목에 주목하시길!) 이 소설 끝부분에서 폴 벡은 탐정으로서 맺은 약속에서 승리를

---

4 북서기마경찰대는 현 캐나다 왕립 기마경찰대의 전신으로, 끈질기게 범인을 추적하는 태도로 정평이 난 덕분에 "기마경찰은 언제나 노리는 자를 잡는다(The Mounties always get their man)"는 표현이 생겨나기에 이르렀다. 한편, 본문에서 이를 변주하여 사용한 'get her man'이라는 표현은 여자가 자신의 짝이 될 남자를 얻는다는 의미로도 읽을 수 있다.

거두지만, 도라 미어는 그보다 더 성대한 약속을 따내게 된다. 말하자면, 그녀도 노리던 자를 잡았다―폴 벡 부인이 되어 아마도 미스터리 사상 최초의 탐정 가족을 꾸리게 된 것이다. 뒤에 출간된『젊은 벡: 부전자전』에서는 아들이 태어나고, 아니나 다를까 폴 주니어 또한 탐정이 되면서 부모의 책임을 물려받고 가업을 계승하게 된다.

이러한 탐정소설계의 작은 역사가 전하는 요지는 분명하다. 여성 탐정은 언제나 노리는 자를 잡는다. 상대가 도둑이든, 살인자든, 협박자든―아니면 남편이든! 우리 여성 탐정들의 이야기에는 로맨스가 빠지지 않기 때문이다. 그리고 마땅히 그래야만 한다는 점에 관해서라면 심지어 순수주의자들도 동의하리라.

14장
어느 신사 탐정의 성생활

　한번은 대실 해밋이 '미스터리 소설'을 공부하는 성인들이 모인 수업 시간에 우리를 초청해 놓고는 말문을 틀 요량으로 정색한 채 이런 질문을 던진 적이 있다. "퀸 선생님, 선생님의 저 유명한 캐릭터에게 성생활이라는 것이 있다면, 그에 관해 설명해 주실 수 있겠습니까?"
　그것 참!
　이것이 쑥스러운 질문이라는 점은 다들 인정하시리라. 퀸뿐만 아니라 수년에 걸쳐 신사 혹은 숙녀 탐정으로 분류되어 온 캐릭터가 등장하는 시리즈물을 써 온 미스터리 작가라면 누구에게나 그럴 것이다.
　사실, 신사 탐정의 성생활이란 난처한 문제다. 하드보일드 유파는 이 난처한 문제를 고유의 방식을 따라 풀어냈다. 그래서 해밋으로서는 우리에게 이런 까다로운 질문을 던지는 것이 조금도 쑥스럽지 않았던 것이다. 소위 터프한 작가들은 사랑에 푹 빠져 있다. 섹스와 탐정업이 뒤섞인 나머지 어지간해서는 그 둘을 구분하거나 한쪽이 어디에서 끝나고 다른 쪽이 어디에서 시작하는지 분간할 수 없을 지경이다. 보다 차분한 유파—원한다면 소프트보일드라고 해도 좋다—라고 해서 내숭을 떠는 건 아니다. 그렇지만 우리는 그 문제에 대한 언급을 거의 청교도적인 조심스러움으로 피해 가야만 한다.

엘러리 퀸의 경우를 보자. 영화에서, 라디오 드라마에서, 텔레비전 방송에서, 심지어 장편 및 단편 소설 일부에서도, 엘러리에게는 종종 니키 포터라는 이름의 비서가 따라붙는다. 그녀는 '내한성 다년생 식물'[1]속에 속하는 멋지고 매력적인 여성판 왓슨이라고 할 법한 존재다. 그녀는 작가—탐정의 비서에 불과한 존재는 아니지만, 마찬가지로 작가—탐정의 비서를 넘어서는 존재도 아니다. 때때로 라디오와 텔레비전 속 모험담에 양념을 곁들이기 위해 엘러리와 니키는 감상적인 삼각관계에 연루되곤 한다. 엘러리가 다른 여자와 눈이 맞아 니키가 질투의 불꽃을 피

---

1 내한성 다년생 식물속을 가리키는 'hardy perennial'이라는 어휘에는 여러 해에 걸쳐 거듭 제기되는 문제라는 의미도 있다.

워 올리거나, 아니면 그 반대로 다른 남자가 니키를 쫓아다녀 엘러리에게서 미미한 분노의 신음을 끌어내거나. 다만 이런 건 전부 풋풋하고 일시적인 수준에 지나지 않는다. 하지만 여러분께 묻건대, 달리 뭐가 또 있을 수 있단 말인가?

잠시 생각해 보시길. 엘러리와 니키가 진지하게 사랑에 빠지도록 한다면, 우리는 그에 관해 무언가를 해 줘야 한다. 영원토록 애정의 유예 상태로만 놔둘 수는 없지 않느냔 말이다. 그런 건 탐정이나 아가씨는 말할 것도 없고 개에게서도 일어나서는 안 될 일이다. 어쨌든, 좋은 취향에는 그에 걸맞은 금기가 있는 법. 그러니 머지않아 우리의 니키에게 합당하게끔 일을 진행해 주어야 할 것이다. 즉, 결혼을 준비해야만 한다는 얘기다. 그럼 우리에겐 뭐가 남지? 또 한 쌍의 부부 탐정 팀이겠지.

또 한 쌍의라고 말했다는 점에 주목하시길. 충심을 담아 말하건대, 지금도 부부 탐정은 충분하지 않은지? 책, 잡지, 라디오, 영화. 탐정소설계의 숲은 그런 부부들로 가득하고, 그 종류도 다양하다. 교양 있는 부부, 낭만적인 부부, 보헤미안 부부, 재치 넘치는 부부, 옆집의 친절한 부부 등등…… 이미 그 존재가 차고 넘치는 마당에 뭐 하러 또 한 쌍의 부부를 덧붙인단 말인가?

아니, 『로마 모자 미스터리』에서 했던 모든 발언에도 불구하고,[2] 엘러리는 독신으로 남을 것이며, 니키는 그의 충직한 비서로 남을 것이다. 혹은 뭐든 라디오나 텔레비전의 엘러리 퀸 드라

마를 통해 방송 및 방영될 모습으로 말이다. 우리로서는 주도적으로든 부수적으로든 '엘러리 퀸의 모험'을 '엘러리와 부인Missus의 불운'으로 바꾸는 데에는 참여할 의향이 없다. 영원히 '엘러리와 아가씨들Misses'로 놔두는 편이 좋지 않은가.

2 엘러리 퀸이 쓴 『로마 모자 미스터리』의 서문에서 서술자는 엘러리 퀸이 사건을 해결하는 와중에 만난 여자와 결혼을 앞두고 있다고 말한다.

15장
바텐더 탐정

바텐더 탐정이라는 아이디어는 '토끼가 불도그 얼굴에 침을 뱉도록 할 만한 물건'을 만들어 내는 더블 지거[1] 만큼이나 신명 나는 아이디어다. 가만 생각해 보면, 바텐더란 '안락의자 탐정'이라는 오래된 호두에 난 새로운 주름이 아닌가? 물론 바텐더는 마호가니 바와 유리로 이루어진 자신만의 세계 안에서 이쪽저쪽으로 여섯 발씩 왔다 갔다 할 수는 있다. 하지만 범죄 현장을 찾아가고 증거를 검토하고 증인을 심문할 수 없다는 점을 고려하면, 가만히 앉아 있지는 않더라도 사실상 한 자리에 고정된 존재

---

1 바에서 칵테일을 만들 때 술의 양을 재기 위해 사용하는 계량용 컵.

가 아닌가 말이다. 그리고 그의 마호가니와 호박빛 세계로 몸을 기대 오는 이들은 어떤 사람들인가? 단골이든 지나가는 손님이든, 그들은 문제를, 곤란을, 걱정을 안고 있는 사람들이다. 게다가 그들은 말을 꺼내고 싶어 견디지 못하는 사람들이기도 하다. 자신이 안고 있는 문제를 (상관없는 부분까지도) 속속들이 다 털어놓고 싶어 한다. 이건 범죄 상담가와 고객에 관한 고전적인 공식 아닌가?

그렇다, 길모퉁이 식당에 있는 바텐더는 현대판 구석의 노인[2]인 것이다…….

2 헝가리 출신의 영국 소설가이자 극작가 에마 오르치 남작부인이 쓴 『구석의 노인』에 등장하는 주인공으로, 안락의자 탐정의 선구자 격인 캐릭터.

16장
포가 뿌린 씨앗

지구상 최초로 출간된 탐정소설 책은 에드거 앨런 포의 『이야기들』로, 이 책은 1845년에 나왔으며 불멸의 뒤팽 3부작을 수록하고 있다. 탐정소설이 페이퍼백으로 몇십만 권씩 출간되는 오늘날의 눈으로 보자면 믿기 힘든 일이지만, 포의 추리 문학에 대한 실험은 아무런 반향도 불러일으키지 못했다. 당대의 독자들에게서 인기를 누리지도 못했고 당대의 작가들에게 감명을 주지도 못했다. 다음을 생각해 보자. 포의 『이야기들』 초판 출간 후 십칠 년이 지나도록 미국에서는 탐정 이야기를 담은 책이 단 한 권도 출간되지 않았다!

A. P.(After Poe: 포 이후) 18년, 그러니까 1863년에 두 권의 책이 기나긴 침묵을 깨뜨렸다. 하나는 뉴욕의 딕 & 피츠제럴드 출

판사에서 출간한, '어느 은퇴한 형사'가 썼다는 『어느 형사의 기이한 이야기, 혹은 범죄의 흥미로운 점들』이다. 다른 하나는 보스턴의 티크노어 앤드 필즈 출판사에서 출간한 해리엇 엘리자베스 프레스콧 (스포포드)의 『호박빛 신들 외』로, 여기에는 「지하실에서」라는 제목의 탐정소설이 수록돼 있다. 이 년 후인 1865년, 딕 & 피츠제럴드는 존 B.윌리엄스 박사가 쓴 『어느 뉴욕 탐정의 수첩에서 발췌: J.B.의 사적인 기록』을 출간했는데, 여기에는 탐정 제임스 브램튼의 업적을 담은 이야기가 스물두 편이나 실려 있다. 이 책은 몇 년이 지나지도 않아 사라졌다. 제임스 브램튼이라는 탐정의 이름을 들어 본 적이나 있는가?

이십 년 동안 나온 탐정소설이 세 권이다! 정말이지, 탐정소설은 포와 함께 태어나서 포와 함께 죽은 것이나 다름없다고 해도 좋을 정도다.

런던에서는 포의 고귀한 실험이 뿌린 씨앗이 보다 굳게 뿌리를 내려 싹을 틔우고 더욱 풍성한 열매를 맺기에 이르렀다. 1850년 찰스 디킨스가 사복형사였던 친구들의 실제 경험담을 토대로 쓴 네 편의 경찰 관련 기사에 자극받은 영국 작가들의 귀에는 기회가 문을 두드리는 소리가 들려왔다. 반세기 가까이 (1850~1890), 그들은 기차역의 책 가판대에 탐정 '회고록'을 쏟아부어 댔다. 존 카터[1]가 지적한 것처럼, 이 소위 실제 '일기'라는 것들 중 대다수는 허구임이 빤히 들여다보였으며, 당대의 글쟁이들이 익명 혹은 가명으로 쓴 것이었다. 어마어마한 인기를 끌었고 말 그대로 읽다 죽을 지경이었던 이 '폭로'들은 림보 속으로 사라져서, 오늘날 우리에게 그 제목이 알려진 것은 채 육십 종이 되지 않는다. 살아남은 작품으로는 '워터스(윌리엄 러셀)', 앤드루 포레스터 주니어, 찰스 마텔(토머스 델프), 제임스 맥레비, 앨프리드 휴즈, 윌리엄 헨더슨, 제임스 페디, 그 외 몇 사람의 작품 등이 있다. 이제는 보기 드물어졌으며 극도로 가치가 높은 것도 역사적 이유 때문이지만, 어쨌거나 탐정소설이라는 종에 있어서는 하나의 활황기였던 셈이다.

하지만 1850년대부터 1860년대에 미국에서는 이에 상응하는 유사 '회고록'의 물결이 존재하지 않았다. 이곳에서 '회고록'은 보다 이후에, 저 풍성했던 다임 노벨[2] 시대에 찾아왔다. 최초의 다임 노벨 탐정인 탐정 영감[3]은 1872년에야 등장했다. 1845년에서 1863년까지 미국 탐정소설은 망각 상태에 접어들었다. 그 십칠 년 동안 천 제본이나 삽화판의 영예를 누리거나, 하다못해 싸

---

1 영국의 탐정소설 평론가이자 수집가. 탐정소설에 관한 최초의 서지학적 연구인 「탐정소설」(1934)을 남겼다.
2 오 센트에서 십 센트 정도 되는 헐값에 팔던 싸구려 소설.
3 할란 헤이슬리가 창조한 탐정으로, 명칭이 가리키는 것과는 달리 힘센 젊은이인데 수염을 기른 노인 변장을 즐겨 했다.

구려 커버에 싸여서라도 출간된 탐정소설은 단 한 권도 없었다. 하지만 이 시기에 낭만적으로 넘쳐 났던 수많은 '가정' 잡지라면 어떨까? 이 초창기 '여성들의 가사 동반자' 지면에는 이따금씩이나마 탐정소설이 실리지 않았을까?

우리는 이 같은 이론에 입각하여 1845년에서 1863년 사이에 미국에서 나온 탐정소설의 견본을 찾아보기로 했으며, 마침내 하나를 찾아내었다. 짜잔, M. 린제이라는 작가가 쓴 「석류석 반지」라는 소품에 주목해 주시길. 몇 년을 우왕좌왕한 끝에 벌루[4]가 보스턴에서 발간한 《달러 월간 잡지》(슬로건: 세상에서 가장 값싼 잡지) 1861년 5월호에서 찾아낸 작품이다.

「석류석 반지」의 서술자는 생활고에 시달리는 젊은 변호사다. 얼 스탠리 가드너가 창조한 페리 메이슨의 원형에 해당한다고나 할까. 그 밖의 등장인물로는 1861년판 비탄에 빠진 여인[5], 고귀한 이상을 지닌 젊은 목수, 그리고 플러시 모자를 만드는 '옷차림이 현란하고 품행이 가벼운 아주 대담한 여자'가 있다. 때는 12월의 어느 얼어붙을 듯 추운 날이며, 장소는 아마 어느 대

---

4 머투린 머레이 벌루(Maturin Murray Ballou). 19세기 미국의 작가이자 출판업자.
5 미술에서 자주 쓰이는 모티프로, 구속당한 채 자신을 희생해야 하는 궁지에 놓인 여성을 가리킨다. 그리스 신화의 안드로메다와 제임스 앙소르가 그린 그림이 대표적이다.

도시인 듯하다. 문체는 화려하고 감상적이지만 매력이 있고, 대사는 다소 구식이다. 그러니까, 요즘 기준으로 볼 때는 구식이라는 얘기다. 한 세기 전 사람들은 실제로 그런 식으로 말했을지도 모르지. 그리고 플롯은, 뭐, 퍽 원시적이지만, 이 역시 요즘 기준으로 볼 때 그렇다. 그러나 틈만 나면 우연이 개입하기는 해도, 「석류석 반지」에 나오는 사건들이 사실주의에 굳건히 발을 디디고 있다는 점은 지적해야겠다. 우리가 보기에 1860년대 작가 대다수는 놀라우리만치 현실적이었던 것 같다.

이런 작품이기는 해도, 「석류석 반지」와 고도로 발달된 현대적 양식의 탐정소설을 비교해 본다면 오늘날의 독자들에게 흥미롭고 유익할 것이다. '좋았던 옛 시절'이라고들 하는 과거를 되돌아보아야만, 우리는 비로소 우리의 크리스티들, 우리의 카들, 우리의 스타우트들, 우리의 울리치들, 우리의 엘린들, 그 외 '좋은 새 시절'의 수많은 작가들이 짜낸 이야기가 얼마나 우수한 기교와 풍성한 상상력을 갖추고 있는지 진정으로 실감할 수 있다.

우리 모두의 위대한 아버지였던 포는 1849년에 사망했다. 그는 「석류석 반지」를 읽어 볼 수 없었다. 좀 더 오래 살아서 우연히 그 작품을 마주쳤더라면, 그는 애수 어린 눈물을 흘렸으리라. 하지만 포도 어느 천상의 오두막에서 엉클 애브너, 브라운 신부, 에르퀼 푸아로, 그 밖에 우리가 그 존재를 너무나도 당연하게 생각하는 수많은 이들의 위업을 읽어 왔다면, 자신이 올바른 말[6]을 찾고자 하는 인간의 영구한 노력 가운데에서도 오늘날 가장 훌륭한 문학적 양식을 발명했다는 사실을 후회하지는 않으리라.

덧붙임: 1944년 중반 즈음 이 탐정학 논문(지금 돌아보건대 이러한 허세 섞인 표현으로 부를 만한 글이라고 생각한다)을 처음 썼을 때만 해도, 우리는 "포의 『이야기들』 초판 출간 후 십칠 년이 지나도록 미국에서는 탐정 이야기를 담은 책이 단 한 권도 출간되지 않았다"고 발언할 정도로 독단적이었으며, 심지어 그러한 발언을 느낌표로 끝맺기까지 했다. 하지만 1944년 이래 겨우 십이 년이 지난 지금, 한때 자랑스레 뽐내던 교만은 다소간 낡아 해어졌고, 면도날처럼 예리하던 자신감도 얼마쯤 무뎌졌다. 요즘 우리는 지난 세월 동안 축적된 의혹을 감추려 하곤 한다. 요즘의 우리라면, 위와 같이 말하기보다는 **지금까지 우리가 발견할 수 있었던 한도 내에서 보자면** 1845년부터 1862년까지 미국에서는 탐정 이야기를 담은 책이 단 한 권도 출간되지 않았다고—이것이 일종의 타협이라는 점은 인정하지만, 이 얼마나 안심이 되

6 les mots justes. 프랑스의 소설가 귀스타브 플로베르가 작가는 자신의 의도를 정확하게 전달할 수 있는 단 하나의 올바른 낱말을 찾아내야 한다고 했던 데에서 비롯한 표현.

는지—말할 것이다. (느낌표도 빼 주세요.)

나이 오십 줄에 이르러 반평생에 걸친 연구를 뒤로하고 보니, 저렇게 고딕체로 덧붙인 표현이 한결 더 안전하게 느껴진다……. 이제 와서 돌이켜보건대 우리는 우리가 선택한 분야에서 처음에는 목표를 설정했고, 다음에는 열정을 발휘했으며, 이제야 비로소 통찰의 문지방에 이른 모양이다.

17장
상상 속의 파리를 찰싹 때리며

　현재 이 글을 쓰는 시점에서, 작가 앤소니 바우처는 로스앤젤레스의 싸구려 멕시코 음식점 출라 네그라에 앉아 상상 속의 파리를 찰싹 때려 가며 항상 술잔 속에서 진실을 보는 퇴직경찰 닉 노블에 관한 단편을 아홉 편 써냈다. 하지만 장편 미스터리 소설이 채 이백 쪽이 안 되는 요즘 같은 간소화의 시대라면, 단편 아홉 편은 단편집 한 권을 내기에는 '넉넉한 분량'이다.

　그런즉 우리는 바우처 씨의 출판관계자 여러분께 닉 노블 시리즈를 책으로 묶어 내는 것을 고려해 주시기를 삼가 제안하는 바이다. 단편집에 붙곤 하는 정통적인 제목이면 뭐든 어울릴 것이다. 『닉 노블의 모험』이랄지 『닉 노블 사건집』이랄지. 혹은 출판사가 보다 비정통적인 제목을 선호한다면, 『고결한 실험』[1]이랄지 아예『노블 오블리주』[2]도 괜찮겠다.

---

1 닉 노블의 이름 'Noble'이 영어로 '고결한'이라는 뜻을 지녔다는 점에서 착안한 말
   장난. 'noble experiment' 혹은 'noble effort'는 결과와 무관하게 시도 자체로 가치
   있고 존중할 만한 실험을 가리키는 말이다.
2 신분이 귀한 사람일수록 그에 맞게 솔선수범해야 한다는 뜻인 프랑스어 'noblesse
   oblige'를 닉 노블의 이름과 섞어 만든 제목.

18장
'엘러리 퀸'이라는 이름의 기원

I. 이름에서 단어에서 소리로

작가들은 이름에 관한 여러 가지 곤란한 문제와 맞닥뜨리곤 한다. 캐릭터의 이름을 어떻게 고를 것인가, 상상 속의 마을, 거리, 호텔, 식당의 이름은 어떻게 지을 것인가 등등. 하지만 그중에서도 가장 곤혹스러운 문제는 (하지만 해결책을 찾아냈을 때 가장 만족감을 느끼게 되는 문제이기도 한데) 가명을 어떻게 고를 것인가 하는 문제다.

이름을 두고 게임이 벌어진다……. 작가들은 필명을 어떻게 고를까? 눈에 안대를 두르고 전화번호부를 짚어서? 비밀스러운 수비학의 체계를 통해서? 이름의 철자를 뒤섞고 또 뒤섞어서?

아니면 가명의 기원에는 무언가 특별한 의미가 있는 걸까? 그렇다, 우리는 있다고 생각한다. 필명이란 대개는 우연의 산물이 아닌 법이다. 보통은 저마다 주의 깊게 고르고 전문가의 손길로 짜 맞춘 이름이기 마련이니…….

적절한 필명을 만드는 가장 손쉬운 방법은 아마도 '줄이기' 혹은 '성姓 빼기 방식'일 것이다. 통상 이 방법을 쓰는 경우, 작가의 본명은 성과 이름과 가운데 이름으로 구성되어 있으며, 작가는 그중에서 성만 빼 버린다. 예를 들어 A. B. 콕스라는 이름을 아는 팬은 거의 없지만, 이름과 가운데 이름만 놓고 보면─앤소니 버클리라는─전 세계 미스터리 독자들에게 유명한 이름이 나온다. 최초의 현대적 맹인 탐정인 맥스 캐러도스를 창조한 작가의 본명은 어니스트 브라마 스미스다. 작가는 그저 스미스를 빼는 것만으로 우리에게 친숙한 어니스트 브라마가 되었다. 역시 같은 방식으로 케네스 리빙스턴 스튜어트는 세드릭 도드 박사 시리즈의 작가 케네스 리빙스턴이 되었다.

본명은 다른 방식으로도 가명에 영감을 준다. '합병 방식'이라고 부름직한 방식도 있다. 이 공식은 특히 자신들의 작품에 서명할 때 성명을 두 개나 쓰는 어색함을 피하고 싶어 하는 공동 작가들에게 인기가 높다. 각자가 자신의 이름에서 성을 뺀 다음 둘을 합치기만 하면 되니 얼마나 간단한가! 켈리 루스(오드리 켈리와 윌리엄 루스), 매닝 콜스(애들레이드 매닝과 시릴 콜스), 웨이드 밀러(밥 웨이드와 빌 밀러) 같은 가명이 이에 해당한다.

또 다른 명명법으로는 '가족 이름 방식'이 있다. 휴 펜터코스트라는 필명을 쓰는 저드슨 P. 필립스의 경우를 살펴보자. 저드의 가운데 이니셜은 어머니의 결혼 전 성인 펜터코스트를 가리킨다. 그런가 하면 1890년대 뉴욕의 저명한 변호사였던 저드의 종조부는 실제로 이름이 휴 펜터코스트였다. 이 오리지널 휴 펜터코스트의 딸(저드의 어머니의 사촌)이 저드에게 휴 펜터코스트라는 이름을 사용해도 좋다고 허락해 주었다. 필립스 씨의 말을 빌리자면, 그것은 '일종의 자연스러운 선택'이었다.

윌리엄 A. P. 화이트에게는 필명이 두 개 있다. 앤소니 바우처와 H. H. 홈즈다. 두 필명 모두 실명에 기원을 두고 있다. 앤소니 바우처라는 이름은 화이트 씨의 외할머니의 결혼 전 성(바우처)에다가, 마찬가지로 '자연스러운 선택'이었던, 화이트 씨가 견진성사 때 받은 견진명(앤소니)을 결합한 것이다.

C. 데이 루이스도 '가족 이름 방식'을 좋아했다. 니콜라스 블레이크라는 가명은 어머니의 이름 일부("에이레[1]의 카운티 골웨이에 있는 블레이크 가의 혈족이시거든")와 어린 아들의 이름("니콜라스는 내가 첫 탐정소설을 발표할 무렵에 태어났지")을

1 아일랜드어로 아일랜드를 가리키는 말.

합친 것이다.

계속해서 명명법 체계를 탐구해 보노라면, '과거에서 나온 가명 방식'이라는 것도 있다. 윌리엄 A. P. 화이트는 두 번째 가명이 필요해지자 출판사에 가명 후보 목록을 적어 보냈다. 목록에는 옛적 악명 높은 살인자들의 이름이 담겨 있었는데, 그중에는 H. H. 홈즈라는 가명을 썼던 허먼 W. 머젯의 이름도 있었다. 출판사와 화이트 씨는 결국 머젯의 가명인 H. H. 홈즈를 앤소니 바우처의 또 다른 가명으로 사용하기로 했다.

그러고 보니 우리의 경우에도 엘러리 퀸에게 다른 가명이 필요했던 적이 있었다. 우리 역시 최종 선택을 할 때는 '과거에서 나온 이름 방식'을 활용했지만, 우리는 실존 인물의 이름보다는 허구의 이름을 택하였다. 우리는 퀸 시리즈 첫 번째 작품 『로마 모자 미스터리』로 돌아가서 책에 나오는 이름 가운데 하나를 골랐다. 훗날 눈이 날카롭고 기억력이 뛰어난 장르 연구가가 엘러리 퀸과 엘러리 퀸의 다른 필명 사이에 희미한 연관관계를 설정해 볼 수 있도록 하기 위함이었다. 수고스럽겠지만 『로마 모자 미스터리』의 서문 몇 쪽인가를 살펴보면, 엘러리 퀸이 "현재는 고전이 되어 버린 바너비 로스 살인 사건"에서 아버지의 비공식적인 조언자 역할을 하였노라는 언급을 발견할 수 있을 것이다. 이 바너비 로스라는 이름을 훗날 드루리 레인이 주인공으로 나오는 네 편의 장편 소설을 처음 출간할 때 필명으로 사용했다.

'과거에서 나온 이름 방식'은 평범한 단어들을 새로운 이름의 열쇠로 사용하는 방식으로 이어질 수밖에 없다. 이런 방법을 '단어의 의미 방식' 혹은 '번역 방식'이라고 한다. 예를 들어, 고대 영어에서 'sax'라는 단어는 '날카로운 칼날'을 뜻하며, 'rohmer'는 '방랑자'를 뜻한다. 둘을 합치면 색스 로머, 즉 '방랑하는 칼잡이' 혹은 '자유무사(free lance)'가 된다. 바로 그것이 푸 만추 박사의 창조자 색스 로머가 평생에 걸쳐 해 왔던 일이다. 프리랜서 작가 말이다.

그런가 하면 '말장난 방식'도 있는데, 이것은 이름과 단어 양쪽에서 기인한다. 세실 존 찰스 스트리트는 필명이 필요했다. 스트리트라는 성은 '길road'이라는 단어를 시사한다. 하지만 그 철자를 그대로 썼다가는 친구나 지인들에게는 너무 뻔하게 보일 터였다. 그래서 스트리트 씨는 발음만 그대로 살려 '로드Rhode'라고 썼다. 이것을 그의 이름과 결합하면, 프리스틀리 박사 시리즈의 작가인 존 로드가 탄생한다.

이제 이름에서 단어에서 소리로 가 보자……. 그렇다, '발성 방식'을 바탕으로 한 필명도 최소한 하나는 있다. 에도가와 란포는 일본 탐정소설계의 선두주자 히라이 다로의 가명이다. 히라이 다로는 필명을 사용하기로 결심하고는 자기네 종족의 기원으로, 즉 탐정소설의 아버지에게로 돌아감으로써 연관성을 부여하는 한편 존경심도 담아냈다. 에도가와 란포라는 이름을 큰 소리로 반복해서 점점 빨리 말하다 보면 점점 친숙하게 느껴질 것이다. 그럴 수밖에, 그 이름은 에드거 앨런 포의 일본식 발음을 옮겨 적은 것이기 때문이다.

II. 알파벳 방식

다음으로 살펴볼 것은 '알파벳 방식'이다. 물론 독자 여러분들께서는 풀턴 아워슬러가 자신의 가명과 책 제목을 선택하는 과정에서 발휘했던 비범한 교활함을 잊지 않으셨으리라. 기억을 상기시켜 드리기 위해 말하자면, 아워슬러 씨의 두 장편 소설 제목은 『성직자의 정부의 살인에 관하여About the Murder of the Clergyman's Mistress』와 『서커스 여왕의 살인에 관하여About the Murder of the Circus Queen』다. 그의 주요 캐릭터인 대처 콜트가 등장하는 단편 소설 역시 같은 구조의 제목을 지니고 있다. 「애거서 킹의 실종에 관하여About the Disappearance of Agatha King」와 「디그베리 씨의 완전 범죄에 관하여About the Perfect Crime of Mr. Digberry」다.

이런 제목 구조가 다소 거추장스러울 정도로 길어 보일지도 모르겠지만, 장담컨대 그러한 어설픔은 사악한 계획하에 고의로 설계된 것이다. 풀턴 아워슬러는 약삭빠르게도 대다수의 도서 목록, 특히 도서관에서 사용하는 도서 목록이 알파벳 순서로 되어 있다는 사실을 알아차렸다. 저자의 이름이나 작품의 제목을 따라서 말이다. 이런 독단적인 목록 작성 방식에 따르면, 예를 들어 퀸Queen은 저자 목록 한참 아래에 놓이게 된다. 밴 다인Van Dine은 그보다 더 아래, 에드거 월래스Edgar Wallace는 그것보다도 더 아래, 그리고 불쌍한 쟁월Zangwill은 보통 맨 밑에 놓인다. 반면 도서명 목록에서 '관하여About'라는 단어로 시작하는 제목은 어디에 놓이겠는가? 그리고 저자명 목록에서 풀턴 아워슬러의 필명인 앤소니 애봇Anthony Abbot은 어디에 놓이겠는가? 이름이 '애봇'의 A-b-b보다 앞에 놓일 작가가 몇이나 될까? 그리고 제목이 '관하여'의 Ab보다 앞에 놓일 책은 보통 몇이나 되겠는가? 그러므로 저자명과 도서명 중 어떤 분류 체계를 활용하든 간에 애봇 씨는 자신이 목록 맨 위에 오리라 확신할 수 있었다.

아니, 과연 그랬을까? 그는 자기 종족의 여성에게 충분히 주의를 기울였을까? 그렇지 않았음이 분명하다. 맥키 경위의 창조자인 헬런 라일리는 아주 명석한 여인으로, 풀턴 아워슬러보다 한 발 더 나아갔다. 헬런 라일리는 필명을 지을 때 '가족 이름 방식'과 '알파벳 방식'을 혼합해서 사용했다. 가명의 이름으로는 자신의 결혼 전 성인 키어란을 썼다. 라일리 부인은 존 키어란[2]의 누나였다. 그리고 가명의 성으로는 애비Abbey를 선택했다. 저자

---

2 미국의 저널리스트이자 방송인.

명을 알파벳 순서로 배열할 경우 애비라는 필명은 애봇 앞에 놓이게 된다. 'o' 한가운데를 가로지르는 가는 수평선 하나 차이로 말이다!

장래의 탐정소설 작가들을 위해 남은 '알파벳 방식'으로는 무엇이 있을까? 글쎄, 애런 아드바크Aaron Aardvark[3]라는 퍽 괴이한 필명을 사용한달지…….

III. 지리학적 방식

가명은 물론 하나 이상의 방식을 겹치거나 섞어 지을 수도 있다. 가명의 절반은 실존 인물의 이름에서 따오고 나머지 절반은 실제 사건에서 따온달지 하는 식으로 말이다. 데이비드 드레서가 브렛 할리데이라는 필명을 지어내는 과정에서 정확히 그런 식으로 출처를 섞는 방식을 활용하였다. 드레서는 첫 미스터리 소설을 쓰면서 탐정의 이름을 할리데이라고 지었다. 하지만 발행인 쪽에서 탐정의 이름을 버크로 바꿔 버렸다. 버크가 더 '근사한' 이름이라고 생각했던 것이다. 이후 드레서 씨가 마이클 세인이 등장하는 첫 번째 책을 다른 출판사에서 내게 되었을 때(첫

---

3 실재하는 성명으로, 성과 이름 모두가 aa로 시작하기 때문에 알파벳 순서로는 가장 앞에 놓이는 성명으로 거론되곤 한다.

번째 출판사 외 스물한 곳의 출판사가 첫 번째 셰인 소설의 원고를 거절한 후였다), 드레서 씨에게는 필명이 필요했다. 그리하여 그는 셰인 시리즈를 위해 자신의 첫사랑이었던 할리데이를 성으로 삼았고, 브렛이라는 이름은 애초에 할리데이라는 이름이 캐릭터에게나 작가에게나 충분히 근사하지 않다고 생각했던 바로 그 발행인의 이름에서 따왔다! 이것을 '내가 말했잖아 방식' 혹은 '작가 대 발행인 방식'이라고 부를 수 있겠다.

또 다른 명명 체계로는 '지리학적 방식'이 있는데, 이 방식은 예상과는 달리 놀라우리만치 사용하는 이가 적다. 이 방식으로 노다지를 캔 작가 중 하나로 코넬 울리치가 있다. 1940년대 초 울리치 씨는 사이먼 앤드 슈스터 출판사와 계약을 한 상황이었다. 그의 첫 장편 탐정소설 『검은 옷을 입은 신부』는 1940년 사이먼 앤드 슈스터에서 출간되었고, 계약한 나머지 책도 이미 원고는 전달한 상태였다. 하지만 울리치 씨는 보통 한 출판사가 한 작가를 다루며 내는 분량 이상의 탐정소설을 써내고 있었다.

그때 《스토리》의 편집자인 위트 버넷이 코넬 울리치의 단편소설 몇 편을 그 유명한 자기네 잡지에 실었다. 그렇다, 저 거만한 《스토리》에 탐정소설이 실렸단 얘기다. 그 인연으로 울리치 씨는 자신의 최근에 쓴 장편 탐정소설 원고를 버넷 씨에게 보여 주었고, 버넷 씨는 이를 리핀코트 출판사에 보여 주었으며, 리핀코트 출판사는 이 원고를 워낙 마음에 들어 한 나머지 당사자가 행운을 빕니다라는 말을 입 밖에 다 내뱉기도 전에 출판 계약을 체결해 버렸다. 그 책이 저 잊지 못할 『환상의 여인』이다.

코넬 울리치라는 이름은 사이먼 앤드 슈스터와의 독점 계약에 묶여 있었기 때문에, 우리의 주인공은 『환상의 여인』에 쓸 가명을 지어내야 했다. 울리치 씨와 버넷 씨가 이 문제를 논의한 자리에서, 울리치 씨가 이렇게 제안했다. "지리학적인 명칭은 어떨까요? 잉글리시랄지, 프렌치랄지, 아이리시랄지—?" 버넷 씨는 손을 들며 말을 가로막았다. "그걸로 합시다."

이 일화를 설명하는 데에 걸리는 시간보다도 더 짧은 시간에, 작가의 성이 정해졌다. 아이리시. 이름은 그보다 더 빨리 결정됐다. 성을 강조하고 기억에 남도록 하기 위해 일부러 평범한 이름을 고른 것이다. 윌리엄 아이리시. 그토록 간단했으니, 어쩌면 톰 스위스나 딕 웰시나 해리 잉글리시가 되었을지도 모를 일이다. 문학계에서 더없이 유명한 필명 중에는 그처럼 간단하게 나온 것도 있다…….

힐러리 A. 세인트 G. 손더스와 존 파머가 함께 사용한 프랜시스 비딩이라는 필명을 짓는 데에도 지리가 중요한 역할을 했다. 프랜시스는 파머 씨의 개인적인 선호에서 나온 이름이다. 그는 전부터 늘 프랜시스라고 불리기를 원했다. 하지만 비딩은 둠스데이 북[4]에 실린 옛 서섹스 지방의 어느 마을 이름이며, 손더스 씨가 한때 그 마을에 오두막 한 채를 소유한 적이 있었기 때문에 나온 이름이다.

Q. 패트릭은 리처드 W. 웹과 휴 C. 휠러가 사용한 세 개의 가명 가운데 하나로, 다른 둘은 패트릭 쿠엔틴과 조너선 스태그다. 이 세 이름은 어디서 온 걸까? Q. 패트릭은 '뒤범벅 방식' 혹은 '이것저것 조금씩 다 방식'을 사용한 이름이다. 초창기에 웹씨가 함께 일했던 사람의 이름(팻시)에서 첫 음절을 따오고, 웹씨의 별명(리키)에서 첫 음절을 따왔다. 팻 더하기 릭은 패트릭. Q는 '알파벳 중에서 가장 흥미진진한 글자라서' 집어넣었다. W. 씨의 설명에 따르면 당시는 "Q라는 글자와 엘러리 Q.와의 관계가 오늘날처럼 세계적으로 알려지지 않았다"고 한다. 훗날 두 사람이 함께 써낸 작품이 급증하여 코넬 울리치와 마찬가지로 한 이름으로 내기에는 너무 많은 책이 쌓이게 되자, 둘의 간청에 따라 발행인이 '거꾸로 방식'을 써서 필명을 지어 주었다. Q. 패트릭을 뒤집어 패트릭 쿠엔틴으로 말이다. (존 딕슨 카도 이 방법을 사용해서 실명 일부를 뒤집어 카 딕슨이라는 이름을 만들었는데, 이것이 차별성을 띠기에는 너무 원래 이름과 닮았기 때문에 약간 더 변형을 거쳐 카터 딕슨이 되었다.)

그러고 난 다음에도 웹과 휠러에게는 세 번째 필명이 필요하

---

4 1086년 영국의 정복왕 윌리엄의 명령하에 실시한 토지 조사를 기록한 토지 대장.

게 되었고, 그들은 '이야기 배경 방식'을 써먹었다. 세 번째 가명으로 낼 첫 번째 책이 사냥을 배경으로 하고 있었기 때문에 스태그[5]라는 이름을 골랐다. 그 앞에 조너선이라는 이름을 붙인 것은 두 이름이 '발음할 때 듣기 좋다'고 생각했기 때문이었다.

대실 해밋도 한때 가명을 썼다. 그렇다, 해밋의 초창기에 쓴 단편 소설 중 일부는 피터 콜린슨이라는 이름으로 발표되었다.

필명을 짓는 과정에서 해밋은 자신만의 체계를 사용했다. 이 방법은 '겸손 방식'이라고 부를 수 있겠다. 1880년대에서 1890년대에 쓰이던 범죄계 은어 중에서 피터 콜린스라는 이름은 '별것 아닌 녀석'을 뜻하는 은어였다. 자신에게 '별것 아닌 녀석의 아들'[6]이라는 미묘한 이름을 붙이다니, 시비 걸 테면 걸어 보라는 심산이었던 것일까? 해밋은 비유적인 의미에서 자신의 가슴을 엄지손가락으로 가리켜 보이면서 세상에 저항하고 있었던 것일까? 아니면 뽐내고—배짱을 부리고—반항하고 있었던 것일까? 해밋은 아무 말도 하지 않았지만, 어째서인지 '별것 아닌 녀석의 아들'이라는 이미지는 볼 때마다 필명의 기원치고는 도발적이고, 심지어 불편하기까지 하다는 느낌을 준다. 특히 미국 작가의 필명으로는 말이다.

---

5 Stagge. 발음이 같은 'stag'라는 단어가 영어로 수사슴을 뜻한다.
6 콜린슨(Collinson)은 콜린스(Collins)의 아들(son)이라는 뜻이다.

IV. 엘러리 퀸의 기원

그렇다면 '엘러리 퀸'의 기원은 무엇일까? ……이 이름은 우리가 첫 소설을 구상하고 집필하던 1928년 말에 지은 것이다. 엘러리는 우리 퀸 형제 중 한 사람의 어린 시절 친구 이름에서 따왔다. 예나 지금이나 늘 흔치 않은 이름인 듯하다. 한참 후에 우리는 이것이 '오리나무가 자라는 섬에서'라는 뜻을 지닌 고대 영어라는 사실을 알게 되었다. 이 사실이 우리의 경력에 상징적으로든 다른 방식으로든 어떤 중요성을 부여해 왔는지는 알 수 없는 노릇이다……. '오리나무가 자라는 섬에서'라. 시적으로 들리기는 한다. 누군가 가고 싶어 할 법한 공간이다…….

탐정의 이름을 지은 다음, (적어도 우리가 바라기에는) 엘러리와 결합했을 때 훌륭한 연상 작용을 일으키는 성을 찾아내려 했다. 좋건 나쁘건, 퀸으로 낙착을 봤다. 아마도 좋은 선택이었던 모양이다. 전 세계 수많은 사람들이 우리에게 엘러리 퀸이라는 이름은 한 번 읽거나 보거나 들으면 절대 기억에서 지워지지 않는다고 말해 주었으니 말이다.

그러나 널리 알려진 사실 뒤편에는 늘 아무도 모르는 사실이 숨어 있기 마련이다. 이 음절들이 지금처럼 유려한 배열을 갖추어 우리의 공동 가명으로 그 지위를 확고히 하기 전에, 우리가 다른 두 시안을 시험해 보았다는 사실은 잘 알려져 있지 않다.

이 두 허황된 시안은 모든 면에서 우리가 현재 사용하고 있는 가명의 초기 형태라 할 만하다.

이 초창기의 어설픈 시도에 대한 유일한 기록은 윌러드 헌팅턴 라이트(S. S. 밴 다인)이 편집한 『위대한 탐정소설』의 한 초판본 면지에 남아 있다. 이 책은 우리가 첫 합작 소설을 출간하기 일 년 전인 1927년에 출간되었다. 다네이가 리에게 생일 선물로 밴 다인의 앤솔로지를 증정하면서 다음과 같은 헌사를 적었다.

1928년 1월 11일

매니에게,

'제임스 그리픈', '윌버 시' 혹은 그 후계자가 (성공적으로) 실현되기를 기원하는 마음으로—

댄

그들의 후계자는 물론 '엘러리 퀸'과 '드루리 레인'(처음 출간 당시 저자명은 '바너비 로스')이었다. 대체 사반세기 전에 무슨 일이 있었기에 '제임스 그리픈'과 '윌버 시'라는, 실로 기억에 남지 않을 캐릭터 이름을 접고, 죽이고, 폐기하게 되었는지는 모를 일이지만, 고백하건대 그 일에 깊이 감사하는 바이다……. 물론 '윌버 시'라는 흥미진진한 조합이 어떤 결과를 가져왔을지 누가 알겠느냐마는.

19장
오자誤字 이야기

   진정으로 용기 있는 작가가 아니고서는 웃음을 유발하는 탐정을 의도적으로 창조하려 들 수 없는 법이다. 한쪽에서는 웃음으로 통하던 것이 다른 쪽에서는 비탄의 대상이 되는가 하면, 웃기려는 시도 자체가 먹히지 않는 경우도 허다하다. 캐릭터가 뜻밖의 이유 때문에 웃음거리가 되는 경우가 얼마나 많은가. 작가로서는 결코 의도하지 않았을 이유 때문에 말이다.

   미국판 덤벙이들은 주로 단편 소설계에서, 통신 교육 학교를 나온 최웃음 졸업생의 모습으로 등장한다. 가장 주목할 만한 경우를 둘 꼽자면 엘리스 파커 버틀러의 파일로 겁과 퍼시벌 와일드의 P. 모란(셰틀랜드 야드[1] 소속)이 있겠다. 전자가 겪는 모험은 오늘날의 독자들로 하여금 케케묵은 향수를 느끼도록 해 주는 수준에 지나지 않는다. 역사적 중요성을 제외하면 말이다. 하지만 P. 모란이 겪는 요절복통 모험담은 현대적인 유머감각을 갖춘 작품으로, 고유의 풍미를 지닌 웃음이 가득하며 플롯도 튼실하고 인간의 본성에 대한 값진 통찰도 깃들어 있다.

코믹 탐정들—유머러스한 홈즈들과 터무니없는 르콕들—은 진지한 탐정들의 주류에서 한 발짝 떨어져 있을 뿐이다. 그러나 그 한 발에 풍자극의 정수가 담겨 있다. 오자로 치자면 디텍티브detective(탐정)는 디펙티브defective(결함)가 되고 두음전환으로 치자면 블러드 앤드 선더blood and thunder(유혈낭자)는 서드 앤드 블런더thud and blunder(쾅당과 더듬거림)가 된달까.

오자 이야기가 나왔으니 말인데, 프라이머 출판사에서 나온 W. 서머싯 몸의 『세상에서 가장 위대한 소설 열 편』 복각판 서장에서 흥미로운 오자와 마주한 적이 있다. 19쪽에 이런 문장이 실려 있다. "이 모든 것들에도 불구하고, 소설가는 소설을 쓸 때 영향하에 놓이게 된다. 꼭 영감의 영향이라고까지 하지는 않더라도, 달리 더 나은 세계가 없기에for want of a better world 무의식이라고밖에 부를 수밖에 없는 것의 영향하에 말이다." 물론 몸 씨가 원래 의도한 바는 "달리 더 나은 말이 없기에for want of a better

---

1 런던 경시청을 가리키는 '스코틀랜드 야드'의 패러디.

word"였다. 하지만 누군가의 무의식이 장난을 친 게 틀림없다. 글자 하나 때문에 어마어마한 차이가 생기지 않았는가! 게다가 그 잘못된 글자 덕분에—아무리 의도하지 않았다고 하더라도—의미가 얼마나 더 깊어졌는지.

20장
현실은 픽션보다 더 기이하다

전에 《엘러리 퀸 미스터리 매거진》에 스튜어트 파머가 쓴 「지문은 거짓말을 하지 않는다」라는 제목의 소설을 실은 적이 있다. 플롯의 핵심은 범죄를 저지른 여자가 일부러 자신의 **족문**足紋을 산탄총과 얼음송곳과 술잔에 남긴다는 데에 있었다. 원고를 읽고 난 우리의 첫 반응은 도무지 믿을 수 없다는 것이었다. 경찰이, 훈련된 관찰자가, 족문과 지문을 혼동한다는 게 가능한 일일까? 우리는 이에 대해 곰곰이 생각해 보았는데, 생각하면 할수록 점점 더 대단한 아이디어로 보였다. 하지만 우리는 이 소설의 성패가 이 핵심적인 대목에 달려 있음을 알고 있었다.

현실적인 편집자이자 열정 가득한 호기심의 축복을 받은 우리는 신발과 양말을 벗고 각자 발가락의 아랫부분을 살펴보았다.

둘 다 곡예사가 아니었기에 검토 결과는 결정적이지 못했으며, 그렇다고 손이 닿는 곳에 족문을 뜰 만한 도구를 갖추고 있지도 않았던 터라, 결국 전문가의 견해를 구해 보기로 했다. 그리하여 우리는 경찰 수사 방식에 정통하며, 그 지식을 우리가 무한히 신뢰하고 있는 이에게 전화를 걸었다. 범죄사건 저술계의 선두주자, 에드워드 D. 라딘에게 말이다.

우리는 그에게 문제를 설명했다.

"그것 참, 받아들이기 어려운데."

"이건 자네에게도 황금 같은 기회 아닌가." 우리는 다그쳤다. "자넨 항상 현실이 픽션보다 더 기이하다고 주장하고 있잖아. 안 그래? 엄지발가락 족문이 프로 수사관을 속일 수 있을까? 유난히 큰 엄지손가락 지문으로 착각할 수 있겠냐 말이야?"

라딘 씨가 머리를 긁적이는 모습이 눈에 선했다. "모르겠는데. 잠깐만—,"

우리는 그의 말을 가로막았다. "자네 발가락은 볼 거 없어. 그건 우리가 해 봤으니까. 물론 자네 발가락 말고 우리 발가락을 봤다는 얘기야. 경찰 감식반에 확인해 보면 어때?"

"그 정도야 해 보지."

어떻게 됐을까?

엄지발가락 족문은 숙련된 수사관을 속일 수 있었다!

언뜻 생각하기에는 말도 안 되는 것 같지만, 족문의 생김새는

지문과 정확히 같다. 지문의 특성을 모두 갖추고 있는 것이다. 패턴, 융선, 와상문까지 말이다.

이제 다시는 회의주의를 내세우지 않으리라. 현실은 픽션보다 더 기이하며, 하늘과 땅—과 사람의 몸 속—에는 경찰의 사상이 꿈꾸는 것보다 더 많은 것이 존재하나니.

21장
발상에서 수단을 거쳐 최면으로

1841년 탄생한 이래 오늘 아침 출간된 미스터리 소설까지 현대 탐정소설의 발전사 전체를 세 단어로 요약해야 한다면, 다음의 세 조어들이야말로 사립탐정의 발전 단계에 따른 특성을 가장 잘 말해 줄 것이다.

1. 후더닛 (누가 했는가)
2. 하우더닛 (어떻게 했는가)
3. 와이더닛 (왜 했는가)

첫 번째 단계—후더닛—은 순수한 퍼즐을 강조한다. 이런 부류의 탐정물(이후 시대 내내 꾸준히 이어졌으며, 고맙게도 우리

시대에도 여전히 활기찬 모습을 보이고 있는데)에서는 보통 도발적이며 알쏭달쏭한 범죄 상황이 이야기의 문을 열어젖힌다. 그런 다음 탐정이 무대에 등장한다. 처음에는 아마추어 탐정이었고, 사실주의가 대두한 후에는 프로 탐정이 등장했다. 탐정이나타나면 이야기는 범죄학적 수사 과정으로 뻗어나가 증거의 발견, 용의자 간의 교차 심문, 의혹의 전이가 펼쳐지다가, 종국에는 추론의 정점에 이르러 미스터리가 해결되고 범죄자가 밝혀진다. 이 단계의 탐정소설 작가들이 꾀를 짜내어 가며 점점 더 기발함을 발휘함에 따라, '누가 했는가'라는 질문은 순수 미술의 경지를 구가하기에 이르렀다 하겠다. 작가들은 가장 그럴 법하지 않은 범인(가장 그럴 법하지 않을수록 더 좋다)을 끊임없이 달리해 가며 놀라움 가득한 결말(놀라움이 클수록 더 좋다)과 탐정소설계의 아득한 이상을 추구하는 듯했다.

반세기 후, 후더닛은 하우더닛과 합류한다. 하우더닛은 초점을 살인자의 정체에서 살인을 저지른 방식으로 옮겨갔다. 하우더닛 단계에서는 소위 '의학 미스터리'가 큰 인기를 누렸으며, 20세기가 도래한 후에는 상대적으로 단순했던 '의학 미스터리'가 보다 복잡한 '과학적 탐정소설'로 성장하였다. 1912년 R. 오스틴 프리먼이 창조한 손다이크 박사는 최초의 진정으로 위대한 과학적 탐정이었으며(어쩌면 여전히 가장 위대할지도 모르겠다), '도서倒序' 추리를 발명해 내어 기념비적인 혁신을 이루었다.[1] 이 기념비적인 혁신은 프랜시스 아일스의 『범행 전』(1932)과 같은 살인에 대한 빼어난 심리학적 연구로 이어졌다. 오늘날 수많은 미스터리 작가들('진지한' 작가들은 말할 것도 없고)이 몰두하고 있는 와이더닛 단계를 이끌어 낸 것 또한 바로 이 도서 추리였다……. 수년 후인 1939년, J. B. 프리스틀리는 『가드스힐에 내리는 비』에서 다음과 같이 말했다. "우리는 '트릭이 어떻게 이루어졌는가'라는 좁은 세계 안에서 너무 폐쇄적으로 살고 있지는 않은가? '어떻게'만 너무 많고 '왜'는 부족하지 않은가?"

와이더닛 단계에서는 초점이 다시 한 번 옮겨 간다. 누가 울새를 죽였나에서 어떻게 울새를 죽였나로, 다시 왜 울새를 죽였나로 넘어간 셈이다.[2] 이 최신 접근법은 심리학적이며 정신분석학적이다. (범죄 수사를 다루는 소설에서 심리학적 방법론은 이미 1910년 윌리엄 맥하그와 에드윈 바머가 쓴 『루서 트랜트의 공로』에서부터 쓰였다는 점은 지적해 둬야겠지만) 와이더닛은 살인에 관한 새로운 동기를 찾으려 애쓰지 않는다. 아마도 새로운 동기란 존재하지 않을 것이며, 분명 오래된 동기가 여전히 광

---

1 도서 추리는 도치 서술 추리의 준말로, 범인과 범죄의 진행 과정을 먼저 상술한 다음 이를 수사하는 과정을 보여주는 방식으로 진행되는 미스터리를 말한다.
2 〈누가 울새를 죽였나〉는 영국의 전래동요이자 자장가로, "누가 울새를 죽였지?"라는 물음을 시작으로 각종 동물이 등장하여 울새의 장례를 치르는 내용으로 이루어져 있으며, 그 내용 때문에 여러 미스터리에서 인용되곤 한다.

범위하게 기승을 부리고 있을 테니까. 대신 와이더닛은 가장 케케묵은 범죄 동기까지도 더욱 깊게, 더욱 위험하게 파고든다. (오늘날과 같은 최면술의 시대에는 일시적인 퇴행을 거쳐 지극히 오래된 범죄의 원인을 들추어 내는 것까지도 포함된다.)

발상에서 수단을 거쳐 최면으로…… 조만간 네 번째 신조어도 나올까? 웬더닛—탐정소설 발전 과정의 4차원에 해당하는 단계라든가? 아니면 과학소설 붐 때문에 웬더닛은 이미 구식이 되어 버렸으려나?[3]

---

3 웬더닛(Whendunit)은 '언제 했는가?'라는 뜻으로, 3차원 공간에 시간을 더한 4차원 시공간의 개념을 염두에 둔 말장난이다.

22장
탐정소설의 정수

  휴 펜터코스트는 시내 체육관에 자주 가곤 했다. 운영진 측에서는 '운동 클럽'이라고 부르는 곳으로, 도금한 아령과 표범 가죽이 깔린 레슬링 매트 따위가 떠오름 직한 이름이다. 펜터코스트와 마찬가지로 체중에 곤란을 겪고 있는 다른 고객 가운데에는 잘나가는 마권업자가 있었다. 어느 날 오후, 꿈을 팔아먹고 사는 두 사람이 태양등(틀림없이 은으로 만든 등이었을 테지) 밑에 나란히 누워 있을 때 마권업자가 회고담을 늘어놓았다. 이것이 마권업자들에게서 나타나는 고질적인 습성이라는 점은 그 방면의 권위자나 다름없는 데이먼 러니언[1]이 증명해 준 바 있으니, 세계가 그의 존재에 영원토록 감사할 일이다. 아무튼 그 마권업자가 말하기를, 그만의 기묘한 철학에 따르면, 현재 아내와 두 아이, 파크 애버뉴의 복층 아파트와 난롯가에 걸린 세잔 그림 두 점을 거느리고 있는 성공적인 사업가인 자신과 부랑자 사이에는, 자신은 **베팅하지 않았던** 말 한 마리의 차이가 있을 뿐이라고 한다.

마권업자든 은행가든 도살업자든 제빵사든 세균학자든, 그 누구든 프로 작가에게 이런 이야기를 하면, 작가는 혀를 빼물고 미끼를 향해 달려들게 돼 있다. 펜터코스트 씨도 미끼를 물었다.

바로 이 일화에 담긴 역설—베팅을 하지 않은 것이 곧 베팅이었다는—에서 펜터코스트 씨가 쓴 최고의 단편 가운데 하나가 탄생했다. 단, 펜터코스트 씨는 숙련된 장인답게 다른 역설과 모순도 더 곁들였다. 탐정소설의 본질이 바로 역설과 모순인 만큼, 놀랍지 않은 일이다. 선견지명(과 박학다식)에 빛나는 탐정 기술의 분석가 로버트 루이스 스티븐슨도 미스터리 소설은 시작이 아닌 곳에서 시작하여 끝이 아닌 곳에서 끝난다고 설명하지 않았던가?

헨리 워즈워스 롱펠로는 「시의 변호」에서 고국의 시인들이 좀

---

1 미국의 저널리스트이자 소설가. 브로드웨이를 무대로 마권업자, 도박사, 갱스터, 사기꾼, 배우 등이 등장하는 유머 넘치는 단편을 써냈다.

더 미국적인 주제를 택하면 좋겠다는 소망을 피력하였다. 그는 자연 광경의 묘사에 관해서 다음과 같이 권고하였다. "종달새와 나이팅게일은 이제 그만…… 뉴잉글랜드의 풍경 속에 코끼리나 코뿔소를 끌어들이는 화가와 다를 바 없지 않은가."[2]

이는 시인과 화가에게는 훌륭한 충고일지 모르겠으나, 미스터리 작가에게는 딱히 좋은 충고라고 하기 어렵다. 탐정소설이 목표하는 바는 뉴잉글랜드의 풍경에 코끼리나 코뿔소를 끌어들이는 데에 있다. 신빙성을 갖추어서 말이다. 어떻게 그럴 수 있을까? 숙련된 장인이라면 누구나 십이 분 동안 여섯 개쯤 되는 답변을 내놓을 수 있을 것이다. 그리고 그 답변 모두가 합리적인 타당성을 갖추고 있을 테고. 수박 겉핥기 수준으로 해 보자면, 괴짜 백만장자가 과거의 어떤 이유로 인해 사설 동물원을 운영하고 있다고 할 수도 있다. 혹은 괴짜스러운 부분을 아예 없애고 싶다면, 동물을 상대로 생체 실험을 진행중인 과학자가 운영하는 사설 동물원이라고 하면 된다. 그렇게 하면 표면상의 부조화가 캐릭터 자체에서 우러나오는 셈이니까. 혹은 아프리카 정글의 야생동물들이 유랑 서커스단에서 탈출했다고 설정함으로써

---

2 종달새와 나이팅게일은 시에 흔히 등장하는 새이지만, 미국에 흔히 서식하는 새는 아니다.

(그러고 보니 바넘[3]이 살던 곳이 뉴잉글랜드 지역 코네티컷 주 브리지포트 아니었나?) 직업적 배경을 이용해 있음 직하지 않은 일에 신빙성을 부여해 낼 수도 있겠다. 혹은 브롱스의 동물원에서 보스턴의 동물원으로 야생동물을 싣고 가던 기차가 전복하는 바람에 동물들이 풀려났다고 할 수도 있다. 그런 극적인 사건을 통해 코끼리나 코뿔소가 뉴잉글랜드의 풍경 속으로 흘러들게 되는 것이다.

어떤 설명이 되었든 간에, 바로 거기에 탐정소설의 정수가 깃들어 있다. 있음 직하지 않은 일을 가능하게 하는 것 말이다.

---

3 19세기 미국의 흥행사 P. T. 바넘. 가짜로 만든 기괴한 동물이나 기형이 있는 사람들을 동원하여 손님을 끄는 것으로 유명했으며 '지상 최대의 쇼'라는 문구를 내걸고 바넘 & 베일리 서커스를 운영했다.

23장
미국을 배회하는 유령

에드거 앨런 포가 1849년 10월 7일 아침 메릴랜드 주 볼티모어의 워싱턴 대학 병원에서 숨을 거두며 내뱉은 마지막 말은 "신이여, 내 가련한 영혼을 도우소서!"였다. 세상에서 가장 불행했던 필멸자가 토해 낸 단말마의 외침이었다.

이제 온 세계가 포를 탐정소설의 아버지로 알아준다. 여기서 탐정소설이란 한 세기 이상 알려져 온 바대로의 현대적 탐정소설을 말한다. 포는 1841년부터 1844년 사이에 쓴 단편 소설 네 편을 통해 사실상 모든 주요 원칙을 설립했으며, 그 확고부동함이 어찌나 강력했는지 이후 포의 발자취를 좇은 수천 명의 작가가 새로이 기여한 발전은 미미한 수준에 불과하다. 여기에서 짧게나마 포가 발명한 기본적인 기법을 살펴보자.

「모르그 가의 살인」(1841)에서 포는 고전적 탐정소설 양식의 기본 패턴을 창안했다. 괴짜 아마추어 탐정과 그를 숭배하는 상대역, 경찰을 당혹스럽게 하는 범죄, 밀실이라는 모티프, 부당하게 의심받는 용의자, 독자에게 낱낱이 제시되는 증거, 빼어난 추론에 입각한 놀라운 해결책⋯⋯. 설령 포가 이 작품 하나만 썼다고 하더라도, 그는 여전히 창시자요, 궁극의 대가로 남았을 것이다. 도로시 L. 세이어즈는 「모르그 가의 살인」이 "그 자체로 탐정 이론과 실천에 관한 거의 완벽한 설명서"라고 말한 바 있다. 하지만 포의 천재성은 그보다 더 넓은 차원에까지 뻗어 있었다.

「마리 로제 미스터리」(1842~1843)에서 포는 자신이 이미 개발해 낸 원칙을 실제 사건을 해결하는 데에 적용하였다.

「도둑맞은 편지」(1844)에서 포는 원래의 접근 방식을 확장하고 정교하게 갈고 닦았다. 그는 최초로 심리학적 추론과 이중 속임수를 도입했다. 후대 작가들이 전자를 얼마나 우려먹었으며, 또 후자의 변주를 찾아 얼마나 헤매었던지! 포 스스로도 「도둑맞은 편지」를 "추리에 관해 내가 쓴 소설 중 최고"라고 (1844년 7월 2일, 제임스 러셀 로웰에게 보낸 편지에서) 평한 바 있다. 그는 이 소설을 통해 예술가의 손을 거치면 어떻게 간단명료한 것이 복잡한 것보다 훨씬 더 불가사의해질 수 있는지, 어떻게 명백한 것이 난해한 것보다 훨씬 더 만족스러울 수 있는지를 보여 주었다.

네 번째이자 마지막 탐정소설에 이르러 포는 자신이 불과 삼 년 전에 창안했던 장르에 마무리 손질을 가미하였다. 「범인은 너다」(1844)에서 포는 가장 범인이 아닐 것 같은 사람이 범인이라는 장치를 창조했다. 이후 무수한 범죄 소설가들이 이 마지막 기법을 얼마나 혹사시켰던가! 그는 또한 진짜 범인이 거짓 증거를 심어 두는 것과 심리적 심문을 이용해 자백을 끌어내는 것도 도입했다. 그걸로 다가 아니다. 「범인은 너다」에는 최초의 익명 탐정이 나오는 데다—이건 실로 어마어마한 예견인데—거의 최초로 탄도학을 범죄 수사 수단으로 사용하는 모습도 나온다. 게다가 이 모든 것을 꼼꼼하리만치 공정하게 제시한다. 결정적인 증거는 어느 하나 독자에게 감추는 법이 없다……. 이미 세 편의 탐정소설을 쓴 포이거늘, 아직도 새로이 발명하여 우리에게 물려줄 것이 그렇게 많이 남아 있을 줄 누가 알았으랴?

그렇게 네 단편 소설을 통해 포는 자신이 위대한 지도 제작자임을 증명했다. 그는 최초로 그리고 영구히, 범죄나라의 영토 위에 뻗은 세 줄기 주요 도로를 지도상에 기록하였다. 왼쪽 길은 액션, 폭력, 흥분이 가득한 스릴도시로 가는 고속도로다. 오른쪽 길은 정신적 자극과 재치에 대한 도전과 현대적 페어플레이를 제공하는 지성마을로 향하는 유료도로다. 그리고 가운뎃길은 대도시와 교외와 전원 지역을 관통하면서 독자의 지성을 모욕하지도 않고 노력한 만큼의 대가를 성취하는 흥분을 빼앗아가지도 않는 고전적인 이중 고속도로다.

"하나의 유령이 미국을 배회하고 있다." 필립 반 도렌 스턴이 바이킹 포터블 라이브러리 시리즈로 나온 포의 책에 쓴 서문은 이렇게 시작한다. 그리고 여러분은 그 유령이 여전히 미국 탐정 소설계에 생생히 살아 있다는 사실을 확인하실 수 있으리라. 그 영원불멸의 선물을 안겨 준 이는 호리호리하고 예민한 젊은이로, 검은 망토를 두르고 검은 눈썹과 음울하고 타는 듯한 눈동자를 지녔으니, 한때 조지 버나드 쇼는 그를 일컬어 "가장 빼어난 예술가들 중에서도 가장 빼어난 자"라 하였다.

24장
편집자들을 위한 호소

편집자의 삶이 장밋빛이 아니라는 생각을 해 본 적이 있는가? 편집자는 한가한 (문학) 신사처럼 시간을 보내지 않는다. 편집자의 근무 시간 상당 부분은 보다 멀쩡한 직업을 가진 이들이라면 평화롭게 잠들어 있을 한밤을 지새우는 가운데 담배 연기 사이로 스멀스멀 사라진다. 한마디로, 탐정소설 잡지의 편집자는 호의호식하지 않는다. 이런 사실들에 대해 생각해 본 적이 있는가?

우리는 지금 편집자라면 영원히 안고 가야 할 문제들에 관해 불평하는 것이 아니다. 최상의 신작을 찾아내기 위한 끊임없는 탐색이나 '알려지지 않은' 옛 작품을 찾아내기 위한 부단한 수색, 마감의 압박과 제작 공정상의 좌절(《엘러리 퀸 미스터리 매거진》 1956년 7월호 견본을 집어 들었다가 표지에 애거서 크리스티의 이름이 '애거시'로 실려 있다는 사실을 발견했을 때처럼—너무 늦었다는, 너무 늦고 말았다는 깨달음에서 오는 그 차디찬 공포라니……) 등은 날이면 날마다 있는 걱정거리이며, 편집자는—고통스러운 방식으로—이를 끌어안고 나아가는 법을 배우게 된다. 지금 우리가 말하고자 하는 것은 편집자의 경력에서 상대적으로 드물게 일어나는 일, 즉 편집자 본인의 뜻과는 반대로, 온몸이 거부하라고 외치는데도, 어쩔 수 없이 신神 노릇을 해야 하는 경우에 관해서다.

최종 결정을 내리는 것은 편집자다. 이 소설은 받고, 저 소설은 거부하고. 들어오는 작품은 많으나 선택받는 작품은 몇 안 된다. 편집자가 원고 하나를 구매할 때마다 수백(혹은 수천) 편이 거절당했다고 보면 된다.

여러분의 비천한 종복들이 처한 상황을 생각해 보시길. 우리는 일 년에 걸쳐《엘러리 퀸 미스터리 매거진》에 약 백오십 편의 소설을 싣는다. 그중 대략 삼분의 이가 신작이고 나머지는 재간再刊이다. 이 말인즉 일 년 동안 주당 평균 두 편의 신작을 산다는 얘기다.

들어오는 원고 중에서 주당 두 편을 산다……. 젊건 늙건, 유명하건 그렇지 않건, 우리 잡지에 작품을 투고하는 모든 작가를 만족시켜 주리라는 희망을 품지 못하는 것도 당연하지 않은가?

많은 초심자들이 우리의 편집 정책과 그에 관한 그들의 믿음 사이에 생겨난 차이에 실망이나 낙담을 표하는 편지를 써 보내는 것도 당연하지 않은가? 우리가 출간하는 '첫 작품'의 수는 이 업계의 다른 잡지들에 실리는 양을 전부 합친 것보다 더 많은데도 말이다……. 어쨌든, 우리의 수요는 적고 기준은 높다. 우리는 출처나 명성에 상관없이 최상의 작품만을 찾는다. 《엘러리 퀸 미스터리 매거진》 독자들이 다른 방식을 원할까?

물론 이는 힘겨운 일이다. 인정이 있는 편집자라면 누구나 원고를 거절하는 것이 작가보다 편집자에게 더 가슴 아픈 일임에 틀림없다고 말해 줄 것이다. 특히 그 편집자 스스로가 작가이기도 하다면 말이다. 세상 모든 독자들이여, 편집자들을 위해 호소한다. 그들은 잔인하고 냉담한 로봇이 아니다. 그들도 자신이 작가에게 안길 수밖에 없는 고통을, 포악한 운명의 돌팔매와 화살[1]을 안다.

승리를 거둔 작가들의 경력을 검토해 보자. 거의 예외 없이 잔혹무비하게 갈아 으깨지는 과정을 거쳤다. 도중에 그만둔 사람은 절대 성공하지 못했다. 역경을 알면서도 계속해서 싸운 사람들, 오직 그런 사람들만이 어느 정도의 성공을, 혹은 충분한

---

1 윌리엄 셰익스피어의 희곡 『햄릿』 3막 1장에서 인용.

성공을 거두었다.

그렇다. 이 길은 보통 가장 재능 있는 작가들에게조차 폭풍과 무풍과 난파까지 점철된 기나긴 귀향 항로가 되기 마련이다. 이따금 나타나는 기성 항로만이 자신감을 새로이 북돋워 준다. 편집자는, 선장은 물론 조타수라고도 할 수 없을 테지만, 그래도 크건 작건 배를 도와 고향 항구로 인도하는 승무원 중 하나다. 생쥐 같은 예인선을 담당하는 승무원일 뿐이라고 해도 말이다. 하지만 기억하시길. 밧줄을 끊어 사자를 구해낸 생쥐도 있음을…….

25장
무인도에서 읽을 책

I. 즉석 선집

존 딕슨 카 가족은 한때 뉴욕 주 머매러넥에서 살았다. 그곳에서 약 오 킬로미터 떨어진 곳에서는 우리들 퀸 중 한 사람이 여유작작하게 살인을 구상하며 살아가고 있었다. 카 가족이 웨스트체스터 카운티에 정착하기 전에는 존과 업계 이야기를 나누려면 장거리 서신을 이용하곤 했지만, 이렇게 존이 엎어지면 단서 닿을 곳까지 온 뒤로는 퀸의 응접실이나 존의 멋진 서재에 모이게 되었다. 존의 서재에는 고풍스런 벽돌 벽난로가 있고 벽에는 골동품 검과 레이피어가 걸려 있다. 몸을 푹 파묻을 수 있는 황갈색 가죽 의자도 갖추고 있어서, 느긋하게 몸을 뉘일 때마다 일종의 클럽실 같다는 기분이 들었다. 클럽실이라는 단어에 내포된 평화로움과 안락함까지 전부 포함해서 말이다.

어느 날 저녁, 밀실에 관한 의견을 교환하던 중, 한 가지 영감이 떠올랐다. 참신한 아이디어라고 할 수는 없었지만 편집자 입장에서는 항상 확실한 결과를 내주는 아이디어였다. 《엘러리 퀸 미스터리 매거진》에 '유명 탐정소설 작가가 좋아하는 탐정소설'이라는 꼭지를 연재해 보면 어떨까?

존은 이에 관해 곰곰이 생각해 보았다. 듣기에는 괜찮은 아이디어지만 선정작이 반복될 수도 있다. 혹은 어떻게 해서 그런 문제는 피한다고 하더라도, 재간하기에는 너무 잘 알려진 작품들이 나오지 않을까?

우리는 그 두 가지 위험성을 인정했지만, 그래도 한번 시험이나 해 보자고 했다.

"존, 자네 기억 창고를 뒤져 자네에게 가장 강렬한 인상을 남긴 단편 탐정소설을 건져내 보면 어떨까."

존은 즉석 선집을 만들어 보자는 실험에 응했다. 마침 일 년을 꼬박 투자하여 코난 도일에 관한 정식 전기를 탈고했던 시점이라, 우선 셜록 홈즈부터 착수했다. 그렇다, 그가 가장 좋아하는 작품 중에 홈즈 소설이 들어가는 건 당연한 일이다. 존이 심사숙고 끝에 최종적으로 선택한 작품은 「입술이 비뚤어진 사나이」였다. 다음은 물론 체스터튼. 좋아하는 작품 목록에서 브라운 신부를 빼놓을 사람이 어디 있으랴? 존은 단호하게 「통로에 있었던 사람」을 꼽았다. 이어서 토마스 버크의 「오터몰 씨의 손」, 잭 푸트렐의 사고 기계가 등장하는 작품 「13호 독방의 문제」도 거론됐다. 둘 다 탐정소설광이라는 이름에 부끄럽지 않은 독자라면 틀림없이 '필독서'로 여길 만한 작품들이다.

"지금까지 네 작품이군. 계속할까?" 존이 물었다.

"그래 주게." 우리는 그를 독려했다. "혹시 숨은 걸작을 떠올리게 될지도 모르는 일이니까."

존의 생각이 이 작가에서 저 작가로 껑충껑충 뛰어다니는 것이 눈에 보일 지경이었다. 멜빌 데이비슨 포스트? 당연하지! 엉클 애브너 시리즈로? 아니, 빼어난 작품들이기는 하지만, 존의 선택은 『무슈 융켈』에 수록된 「대암호」였다. 여담이지만, 이 작품은 S. S. 밴 다인과 노버트 레더러 박사를 비롯한 다른 전문가들이 가장 좋아하는 포스트의 작품이기도 하다. 그다음은—무조건—앤소니 버클리의 「복수할 기회」, E. C. 벤틀리의 필립 트렌트는? 어쩌면—하지만 벤틀리는 잠시 제쳐 두도록 하자. R. 오스틴 프리먼? 당연하지! 존은 주저함 없이 손다이크 박사의 사건 중 「알루미늄 단검」을 골랐다. (존은 Aluminium이라고 불러야 한다고 고집했다.[1]) 그리고 브렛 할리데이의 「인정미담」도 잊어서는 안 된다. 존이 최고로 좋아하는 작품 중 하나다.

"여기까지 몇 편이지?"

"여덟." 우리는 손가락을 꼽았다.

"계속 골라서 열 편까지 채워 볼까."

어디 보자…… 카나키 시리즈? 바로 그거다. 존은 힘주어 외쳤다. "호지슨의 「보이지 않는 것」—이게 숨은 걸작이지! 그 작품은 한 번도 선집으로 묶인 적 없을걸!"

우리는 그럴지도 모른다는 점에는 동의했다. 하지만 바로 일 년 전에 존과 우리 모두 아는 친구인 어거스트 덜레스가 마이크로프트 앤드 모란이라는 출판사를 세워 윌리엄 호프 호지슨이 쓴 『유령 사냥꾼 카나키』의 첫 미국판을 출간했으며, 거기 실린 맨 첫 작품이 「보이지 않는 것」이라는 점을 상기시켜 주어야 했다. 아니, 그건 숨은 걸작은 아니었다.

"그렇다면야," 존은 어깨를 으쓱였다. "불가능하다는 사실을 증명한 셈이로군. 최고의 단편 소설 목록이란 고전을 망라할 수밖에 없는 법이고, 그런 작품들은 죄다 재간하기에는 너무 잘 알려졌단 말이야."

하지만 우리는 설복당하지 않았다.

"아직 아홉 편이잖아, 존. 목록을 마무리해 보게. 하나 더 골라서 황금의 열 편을 완성해 보라고. 혹시 아나? 열 번째 작품

---

1 알루미늄의 영어 표기는 'aluminium'과 'aluminum' 두 가지가 혼용된다. 프리먼의 단편에서는 카의 주장대로 'aluminium'이라는 표기를 사용하고 있다.

이……."

존은 두 눈을 크게 떴다. 그는 활기차게 서성이기 시작했다. 그의 머릿속에서 또 다른 작품이 타다닥 소리를 내는 것이 귀에 들리는 듯했다. 그런 다음 존이 검증을 마쳤다는 소리가 들려왔다. "재치 있고, 세련되고, 속임수와 이중 속임수로 가득하고, 독자가 또 다른 반전은 가능하지 않을 거라고 생각하는 시점에 최후의 반전이 등장하고—" 우리는 조바심치며 기다렸다. "—플롯을 열어젖히는 살인 수법은 너무나 기발하면서도 동시에 놀라울 정도로 간단하고—"

우리는 실험이 성공했음을 깨달았다. 존이 어떤 작품을 이야기하는 것인지 조금도 알아차릴 수 없었던 것이다!

존이 선언했다. "로널드 녹스의 「동기」."

존 딕슨 카 목록의 열 번째 작품은 숨은 걸작이었다!

하지만 갑자기 엄청난 의혹이 우리를 사로잡았다. **포의 작품이 하나도 없다고?** 좋아하는 작품 열 편 목록을 꼽았는데 「도둑맞은 편지」나 「모르그 가의 살인」이 없다고? 그런 일이 있을 수 있나?

존은 가벼운 손짓 한 번으로 의혹을 불식시켰다.

"그야, 당연히 포의 작품은 없지. 탐정소설의 아버지는 독보적인 위치를 점하고 있으니까. 포의 작품은 경쟁작들의 목록 위에 자리해야지!"

뭐, 그렇게 시작된 일이다…….

II. 황금의 열두 편

그로부터 일 년 후 우리는 사상 최고의 단편 탐정소설이 무엇이냐는 물음에 진지하게 착수했다……. 존 딕슨 카와의 논의 이후—제아무리 폭넓은 독서량과 날카로운 감식안을 갖춘 사람이라고 하더라도—한 사람이 선정한 목록을 진정 결정적인 목록으로 받아들일 수는 없음을 깨달았다. 한 사람의 의견은 결국 개인의 선호에 대한 표현일 뿐이다. 하지만 여러 목록을 모아 모자이크를 만든다면—가령 열두 명의 전문가가 뽑은 목록 중 합치되는 작품이랄지, 최상의 판결단이 심사숙고 끝에 내린 평결과 같은—어느 정도 권위를 등에 업은 '최고'에 가까운 목록을 만들 수는 있을지도 모르겠다 싶었다.

그리하여 일 년 후, 우리는 일련의 전문가 그룹에 설문지를 보내기 시작했다. 이 그룹에 속한 사람들은, 잠시 후 보게 되겠지만, 미스터리계의 주요 단계를 두루 대변하고 있으며, 가장 까다로운 탐정소설광에서부터 가장 평범한 팬에 이르기까지를 망라하고 있다.

설문에 대한 답변은 몹시 놀라웠다. 여러 가지 면에서 말이다. 몇몇 전문가들은 아이디어 자체를 바보 같다고 여겼다. 어떤 이는 '가장 끔찍한 옥수수 전분 같은' 아이디어라고까지 말했다. 또 어떤 이들은 그런 생각일랑 무인도에서 외롭게 머무르게 될 때를 위해 남겨 두라고 했다. 틀림없이 머릿속으로는 자신들이 떠올릴 수 있는 가장 외딴 무인도에 우리를 떨궈 놓으면서 한 말일 게다. 그 외에, 자신은 그러한 심포지엄에 참여할 만한 자격이 없다고 솔직하게 시인한 이들도 있었다. "옛 작품들은 별로 아는 게 없어서"라든가, "지식과 기억이 너무 희미해서"라든가, "뭘 생각해야 할지 막막하다"라든가. 그리고 또 다른 이들은 우리의 설문 편지에 답장조차 보내지 않음으로써 '모든 칼질 중에서 가장 모진 칼질'[2]을 안겨 주었다.

그래도 '아이디어 자체'가 어떤 이들이 생각한 것만큼 그렇게 딱딱하거나 감상적이지는 않았던 모양이다. 우리가 접촉한 스물네 사람 중 열한 명이 기꺼이 패널로 참여해 주었으며, 이 열한 사람(여기에 퀸이 열두 번째 보결 배심원[3]으로 참석하게 되었다)은 누구나 바라 마지않을 만큼 독보적이며 위풍당당한 선정 위원회를 구성했으니까.

구성원을 소개해 보자.

비평가, 장인, 감식가 대표: 하워드 헤이크래프트, 앤소니 바

---

2 윌리엄 셰익스피어의 희곡 『율리우스 카이사르』 3막 2장에서 인용.
3 배심제에서 열두 명의 배심원 중 결원이 생길 때 그 역할을 대신하는 배심원.

우처, 빈센트 스타렛, 제임스 샌도, 존 딕슨 카, 어거스트 덜레스, 바이올라 브라더스 쇼어, 제임스 힐튼.

출판사 편집자 대표: 리 라이트.

탐정-미스터리 소설 전문 서적상 대표: 주식회사 하우스 오브 엘 디에프의 루 D. 펠드먼.

일반 팬 대표 (물론 다른 전문가들도 모두 일반 팬을 대표한다는 점을 명심해야 한다. 비평가, 작가, 편집자, 서적상 혹은 감정가가 되려면 무엇보다도 독자가 되어야 하는 법이니): 찰스 혼스.

이 열두 남녀 배심원들은 각자 열두 편의 최우수 단편 탐정소설을 선정하여 총 144개의 표를 던졌다. 그 결과 열두 배심원이 투표한 작품은 총 83편이었다. 견해의 광범위함과 차이를 짐작할 수 있으리라. 하지만 이 83편의 '최우수작' 중에서도 딱 열두 편이 으뜸가는 선호 작품으로 추려졌다. 열두 전문가가 판단한 '사상 최고의 단편 탐정소설 열두 편'은 다음과 같다.

■ 12표 만점에 8표
「오터몰 씨의 손」 – 토마스 버크

■ 12표 만점에 6표

「도둑맞은 편지」 – 에드거 앨런 포

「빨강머리 연맹」 – A. 코난 도일

「복수할 기회」 – 앤소니 버클리

■ 12표 만점에 5표

「13호 독방의 문제」 – 잭 푸트렐

「얼빠진 집단」 – 로버트 바

■ 12표 만점에 3표

「보이지 않는 남자」 – G. K. 체스터튼

「나보스의 포도원」 – 멜빌 데이비슨 포스트

「노란 민달팽이」 – H. C. 베일리

「진품 타바드」 – E. C. 벤틀리

「지오콘다의 미소」 – 올더스 헉슬리

「의혹」 – 도로시 L. 세이어스

이상이 황금의 열두 편이다. 차점작은 뭐냐고? 황금의 스무 편을 채워 보면 다음과 같다.

「렐리시 두 병」 – 로드 던세이니

「필로멜 코티지」 – 애거서 크리스티

「크리스마스에는 돌아온다」 - 존 콜리어

「완벽한 범죄」 - 벤 레이 레드먼

「브룩벤드 저택의 비극」 - 어니스트 브라마

「붉은 실크 스카프」 - 모리스 르블랑

「믿음, 희망 그리고 관용」 - 어빈 S. 콥

「문 열쇠」 - 프레더릭 어빙 앤더슨

이 모든 결과는 십 년 전에 결정되었으며, 그 사이 많은 훌륭한 신작들이 단편 탐정-범죄 소설의 보물창고에 추가되었음을 염두에 두시길. 만약 당시의 전문가들에게 다시 한 번 목록 작성을 요청한다면 마음을 바꿀 가능성이 매우 높다는 얘기다.

예를 들어, 존 딕슨 카가 좋아하는 작품으로 꼽았던 열 편은 앞에서 언급한 바 있다. 그럼 결정작 열두 편을 선정하면서 추가한 두 작품은 뭘까? 우선 그가 포의 지위에 대해 다시 생각하게 됐다는 건 틀림없다. 최초의 탐정소설 「모르그 가의 살인」을 넣었으니까. 또 윌버 대니얼 스틸의 「푸른 살인」도 들어갔다. 하지만 카 씨는 다시금 심사숙고하는 과정에서 마음을 바꾸어 즉흥 선작 중 세 편을 교체했다. 셜록 홈즈 소설로는 결국 「입술이 비뚤어진 사나이」 대신에 「실버 블레이즈」를 골랐다. 그리고 손다이크 박사 소설인 「알루미늄 단검」을 빼고 그 자리를 헬런 맥클로이의 「시누아즈리」로 대체했다. 또한 로널드 녹스의 「동기」를 향한 열정을 가라앉히고 엘러리 퀸의 「육체보다 정신을」을 넣었다.

하지만 우리 중 한 자리에 고여 있기만 하는 이는 거의 없다. 작가든 독자든 뻣뻣하게 제자리를 고수하지 않기는 매한가지다. 새로운 작품이 등장하고 새로이 좋아하는 작품이 생긴다. 옛 작품을 다시 읽고 옛 의견을 수정한다……. 그것이 세상의 이치다.

황금의 열두 편은 죽었다. 황금의 열두 편이여, 만수무강하라![4]

III. 대형 보급판

최초의 본격적인 탐정소설 선집은 1895년이 되어서야 등장했다. 런던에서 『경찰관 및 다른 탐정 이야기』라는 제목으로 출간된 이 책의 수록작은 고작 네 편이었고, 작가는 각각 메리 E. 윌킨스(프리먼), 조지 아이라 브렛(오스왈드 크로퍼드), 로이 텔릿, 브랜더 매튜스였다. 이후 사십육 년 동안 영국과 미국에서는

---

4 군주제 국가에서 왕의 사망을 알리고 동시에 계승자가 왕위를 계승했음을 알릴 때 쓰는 관용 표현인 "국왕폐하께서 돌아가셨다. 국왕폐하여, 만수무강하소서!"를 빗댄 것.

백 권 조금 안 되는 수의 탐정소설 선집이 출간되었는데—일 년 평균 두 권이다—이 아흔 권 남짓한 책 중에서 비평적 관점으로 볼 때 정말 돋보이거나 역사적 가치가 있는 책은 열세 권뿐이다. 이 열세 권 중 일부를, 출간 순서대로 나열했을 뿐 탐정소설 선집의 역사 안에서 시간을 견뎌 가며 쟁취한 지위의 순서는 아님을 전제로 소개하자면 다음과 같다. 줄리언 호손이 편집한『세계 제일의 미스터리 및 탐정소설 총서』(1907). 당시로서는 기념비적인 성과였으며, 이 년 후에 나온 확장판의 제목인『자물쇠와 열쇠 총서』라는 제목으로 더 유명하다. E. M. 롱(취향과 안목이 이름을 배신한 사례[5])이 편집한『범죄와 수사』(1926). 윌러드 헌팅턴 라이트(S. S. 밴 다인)가 편집한『위대한 탐정소설』(1927). 빈센트 스타렛이 편집한『위대한 탐정소설 열네 편』. 도로시 L. 세이어즈가 편집한『위대한 탐정, 미스터리, 공포 소설』(1928). 유진 트윙이 편집한『세계 최고의 탐정소설 백 편』(1929). 이 선집은 과소평가된 감이 있다. 그리고 역시 도로시 L. 세이어즈가 편집한, 이중에서는 가장 작지만 가장 훌륭한 선집인『수사 이야기』(1936)도 있다.

엘러리 퀸이 편집하여 1941년에 출간한『101년 묵은 오락』은

---

5 E. M. 롱의 이름 '롱(Wrong)'은 틀린, 잘못된, 이라는 뜻이다.

탐정소설 탄생 백 주년을 기념하는 책이었는데, 빈센트 스타렛이 이 책과는 전혀 상관없는 사례에 관해 했던 말을 인용하자면, "그 뒤로는 봇물이 터졌다!" 전쟁중이라 종이가 부족했음에도 탐정소설 선집은 토끼가 새끼 치듯 불어났다. 탐정-범죄 단편소설을 무차별로 모아놓은 신간이 달이면 달마다 서점이나 신문 가판대에 등장했다. 그런 선집 대다수는, 영국의 비평가 E. A. 오스본의 말을 인용하자면, "말라비틀어진 꽃을 뒤죽박죽 모아놓은 꽃다발이나 다름없었다." 이른바 '사상'이라고 할 만한 것을 갖춘 채 포괄적이고 전문화된 주제를 통해 탐정소설 비평의 보다 진지한 요소를 탐구하고자 하는 선집은 극히 드물었다. 하다못해 피상적으로나마 탐정소설의 주류 역사를 따르는 책도 거의 없었다. 역시나 편집자로서는 상당 부분을 익숙한 작품들에만 기대거나 최근의 번드르르한 펄프 잡지들에서 작품을 적당히 골라내어 잘라 붙여 중요해 보이는 책을 만드는 작업이 더 간편한 것이다. 마음이 순수한 선집 편집자는 그와 같은 최소한의 편집을 경멸한다. 창작자로서의 양심을 지닌 선집 편집자는 '미지의' 작품들을 발견하기 위해 길고 고된 탐색에 시간과 노력을 아끼지 않는다. 옛 '편집자들'이 비평가 역시 그저 돈벌이를 목적으로 싸구려 평론을 하기도 한다는 사실을 깨닫지 못한 채 무시했거나, 잊었거나, 방치해 왔던 작품들을 말이다.

둘의 차이는, 필립 반 도렌 스턴의 말을 빌리자면, 잘라 붙이기와 잘나게 붙이기의 차이라 하겠다.

따라서 이따금 24캐럿짜리 장인—빈센트 스타렛, 하워드 헤이크래프트, 앤소니 바우처, 제임스 샌도, 리 라이트 같은 진정한 탐정소설광—의 피와 땀과 눈물이 섞인 선집이 나올 때면, 이를 팡파르와 만세 소리로 맞이해야 할 영예와 의무가 있다. 1946년에도 바로 그와 같은 선집 한 권이 출간될 예정이었다.

해당 기획의 편집자는 존 딕슨 카였다. 출판사는 크라운 출판사였다. 카 씨의 첫 선집 시도에는 『최고의 장편 탐정소설 열편』이라는 제목이 내정돼 있었다. 수많은 선집 편집자들이 단편 탐정소설에 대해 했던 일을 장편에도 적용하고자 한 최초의 시도로, 어마어마한 분량이 될 예정이었다. 이를 통해 독자들은 대형 보급판 한 권으로 진짜배기 장편 탐정소설 총서를 구비할 수 있게 될 터였다. 그 책은 그 자신 탐정소설에 막대한 영향을 끼친 한편 평생 탐정소설을 읽어 왔던 카 씨의 결실이었으며, 정말이지 머리맡의 거대한 동반자가 되어 줄 책이었다.

이 풍성한 탐정소설집을 위해 카 씨는 특별히 만오천 단어짜리 서문을 썼다. 서문의 처음 삼분의 일에서는 탐정소설 전반에 관해 다루었다. 기법, 기교, 스타일, 추세에 관해서. 나머지 부분에서는 구체적인 작품을 다루었는데, 특정 작가와 특정 작품에 대한 카 씨의 선택을 설명하는 한편, 케이터링의 달인 카 씨가 차려낸 푸짐한 요리 열 개짜리 만찬에 누락된 작품에 대한 안타까움을 표명하였다.

카 씨의 선택은 다음과 같다. 그가 꼽은 역대 최고작 열 편이다. (1946년 이전에 출간된 책을 대상으로 했다.)

A. 코난 도일의 『공포의 계곡』

가스통 르루의 『노란 방의 비밀』

앤소니 버클리의 『독 초콜릿 사건』

애거서 크리스티의 『나일 강의 죽음』

S. S. 밴 다인의 『그린 살인 사건』

A. E. W. 메이슨의 『장미장에서』

엘러리 퀸의 『신의 등불』

필립 맥도널드의 『미치광이 살인』

렉스 스타우트의 『겁먹은 사람들 연맹』

도로시 L. 세이어즈의 『나인 테일러스』

(이제 카 씨가 열 편을 꼽은 이래 십 년이 지났는데, 그 사이 몇몇 오래된 작품에 관해서 마음을 바꾸지는 않았을지 궁금한 마음을 누를 길이 없다. 가령 메이슨의 『장미장에서』를 『화살의 집』으로 바꾼다든지, 퀸의 『신의 등불』을 『재앙의 거리』로 바꾼다든지. 혹은 조세핀 테이의 『프랜차이즈 저택 사건』처럼 1946년 이후에 나온 책을 한두 권 넣는달지……. 실은 카 씨에게 편

지를 써서 이에 관해 물어보았다. 하지만 카 씨는 어떨 때는 세상 제일가는 편지 상대이지만, 또 어떨 때는 최악의 편지 상대이기도 하다. 그는 답장을 보내 주지 않았다.)

카 씨가 서문에서 다음과 같은 사항을 지적했음을 밝혀 둘 필요가 있겠다. "이 선집에는 『최고의 탐정소설 열 편』이라는 제목이 달려 있다. 이 제목의 독단적인 성격에 관해서는 출판사를 탓해 주시기를. 나는 그보다는 『최고의 탐정소설 중 열 편』이라는 제목을 선호한다. 그렇게 하면 내가 이 서문에서 짊어져야 할 책임도 기록 담당 천사[6]의 책임보다는 경감될 테니까."

물론 카 씨의 말이 맞긴 하지만, 더 잘 팔릴 만한 제목을 고른 크라운 출판사의 선택을 탓할 일도 아니다. 정말이지 크라운 출판사는 자신들의 목을 (카 씨의 목도 함께) 걸고 카 씨의 선정에 담긴 비평적 혜안에 관한 전 지구적인 논쟁을 제안했던 것이다. 아마추어든 프로든 어떤 탐정소설광들은 틀림없이 이런저런 선택에 동의하지 않았을 테고, 이런저런 작가를 빠뜨린 것은 절대 용서할 수 없다는 식으로 탐정소설계의 한담가들 사이에서 열띤 토론이 벌어졌을 터였다.

예를 들어 보자. 우리는 카 씨가 최고의 탐정소설 열 편에 들

---

6 유대교, 기독교, 이슬람교에서 인간의 모든 행적을 기록하는 천사.

어갈 작가를 고르는 과정에서 두 가지 용서할 수 없는 누락을 범했노라 말하겠다. 그중 한 가지 누락에 관해서는 아무 말도 않겠다. 어떤 최고작 열 편 목록에라도 마땅히 들어가야 할 작가가 과연 누구일지, 여러분들께서 직접 생각해 보시길. 하지만 다른 누락에 관해서라면 질책의 말을 덧붙이지 않고서는 넘어갈 수 없겠다.

대체, 오, 대체 카 씨가 기획한 선집에서 존 딕슨 카라는 이름의 작가, 혹은 그 또 다른 자아인 카터 딕슨이라는 이름의 작가는 어디로 갔단 말인가? 카 씨의 처지가 불편하다는 점은 이해한다. 이는 타이러스 레이먼드 콥[7]의 처지와 비슷하다. 거의 매년 유명 스포츠 기자가 저 비할 데 없는 타이 콥을 찾아가 그가 생각하는 사상 최고의 선수들로 꾸려진 올스타 팀의 모습을 알려 달라고 청한다. 과거 조지아 복숭아는 늘 베이브 루스, 트리스 스피커, 맨발의 조 잭슨을 가장 위대한 외야수로 꼽았다. 그렇다면 묻건대, 살아 숨 쉬는 팬 중에서 타이 콥을 불멸의 9인 가운데 한 사람으로 거론하기를 잠시라도 주저할 만큼 영혼이 죽은 자가 어디 있으랴?[8]

---

7 일명 타이 콥. 미국 메이저리그에서 28시즌을 뛰는 동안 아흔 개의 신기록을 작성한 전설적인 타자이며, 조지아 주 내로우스 출신인 탓에 '조지아 복숭아'라는 별명으로 불렸다.

그렇다. 카 씨는 거짓된 겸손이라는 죄를 저질렀다. 카 씨 스스로 "오래된 게임, 위대한 게임, 세상에서 가장 웅대한 게임"이라고 부른 게임이 낳은 최상의 결과물을 대변하는 선집을 만들면서 자신의 책을 빼놓다니, 우리가 아는 거의 모든 평론가가 비난할 법한 일이었다.

후일담: 카 씨의 『최고의 장편 탐정소설 열 편』은 출간되지 못하였으며, 앞으로도 빛을 보게 될 가능성은 요원하다. 카 씨가 선정한 작품 중 세 편의 출판권을 갖고 있는 세 출판사에서 해당 작품을 카 씨의 선집에 넣도록 허락해 주지 않았기 때문이다. 왜 승인해 주지 않는 것인지 우리로서는 알 길이 없다. 정말 도무지 모르겠다. 우리가 아는 거라고는 그저 '사실임이 유감[9]'이라는 것뿐이다.

---

8 월터 스콧 경의 극시 「마지막 음유 시인의 노래」 중 "살아 숨 쉬는 사람 중에서 이 곳이 내가 나고 자란 나의 땅이라고 스스로 한 번도 말해 본 적 없을 만큼 영혼이 죽은 자가 어디 있으랴?"를 인용.
9 윌리엄 셰익스피어의 희곡 「햄릿」 2막 2장에서 인용.

IV. 민주주의의 씨앗

존 딕슨 카의 선택을 렉스 스타우트가 꼽은 최고의 미스터리 소설 열 편(장/단편 미구분)과 비교해 보는 게 어떨까? 마침 우리에게 스타우트 씨가 좋아하는 작품 목록에 관한 정확한 최신 정보가 있다. 우선 예전에 그가 빈센트 스타렛에게 준 목록이 스타렛의 『책들과 두 발 동물들』(1947)에 실린 적이 있다.

윌키 콜린스의 『월장석』

대실 해밋의 『몰타의 매』

S. S. 밴 다인의 『벤슨 살인 사건』

도로시 L. 세이어즈와 로버트 유스터스의 『사건 기록』

G. K. 체스터튼의 『브라운 신부의 결백』

H. C. 베일리의 『포춘 씨를 불러요』

프랜시스 노이에스 하트의 『벨라미 재판』

프리먼 윌스 크로프츠의 『통』

애거서 크리스티의 『애크로이드 살인 사건』

마이클 이네스의 『신에게 보내는 애가』

이 목록을 언제 처음 작성했는지는 스타우트 씨도 기억하지 못한다. 하지만 우리가 1951년에 여기 선택한 작품들이 아직도 그의 탐정소설에 대한 취향을 반영하고 있느냐고 물었더니, 스타우트 씨는 목록을 검토한 다음 일부를 대체하고 덧붙였다. 다음은 1951년에 스타우트 씨가 '사상 최고의 열 편'이라고 생각한 탐정소설들을 저자명 순으로 나열한 것이다.

에릭 앰블러의 『디미트리오스의 관』

H. C. 베일리의 『포춘 씨를 불러요』

G. K. 체스터튼의 『목요일이었던 남자』

애거서 크리스티의 『애크로이드 살인 사건』

윌키 콜린스의 『월장석』

A. 코난 도일의 『바스커빌 가의 개』

대실 해밋의 『몰타의 매』

에드거 앨런 포의 「마리 로제 미스터리」

도로시 L. 세이어즈와 로버트 유스터스의 『사건 기록』

S. S. 밴 다인의 『벤슨 살인 사건』

보시다시피 세월이 흐르는 사이 스타우트 씨는 마음을 바꾸었다. 원래 작성했던 열 편 목록 중 네 편이나 바뀌었다.

빈센트 스타렛은 스타우트 씨가 보인 변화 중 적어도 한 가지에 관해서는 기뻐해 마지않았을 것이다. 스타렛 씨는 스타우트 씨가 처음에 뽑았던 목록에 대해 논평을 덧붙이면서 셜록 홈즈 시리즈를 대표하는 책이 한 권도 없다는 사실에 불만을 토로했고, 그런 눈에 띄는 누락 때문에 자신은 스타우트에게 박수를 보낼 수 없노라고 솔직히 선언한 바 있다.

자, 시간이 또 흘러갔다. 스타우트 씨가 첫 목록에서 마음을 바꾼 지도 오 년이 지난 시점에서, 우리는 다시 편지를 보내어 그 오 년 사이에 또 목록에서 교체하고 싶은 부분이 생겼는지 물었다. 스타우트 씨는 목록을 다시 검토했다는 답을 보내왔다. 1956년의 그는 1951년 목록에서 두 가지 변화를 주겠다고 했다. 도로시 L. 세이어즈와 로버트 유스터스의 책 『사건 기록』 대신에 세이어즈의 『맹독』을 넣을 것이며, H. C. 베일리의 『포춘 씨를 불러요』를 빼고 프랜시스 노이에스 하트의 『벨라미 재판』을 넣겠다고 말이다.

하지만 여러분도 아시다시피 『벨라미 재판』은 스타우트 씨가 처음에 꼽았던 목록에 있었던 작품이다. 그러므로 이 경우 마음이 바뀌었다기보다는 오랜 시간이 지난 끝에 다시 첫 목록으로 돌아갔다고 해야겠다.

지금으로부터 몇 년 후—어쩌면 몇 주 후일지도—스타우트 씨가 다시 한 번 합당하기 그지없는 이유를 꺼내 들어 자신의 선택을 뒤집을 가능성 역시 차고 넘친다. 이쯤 되면 어떤 '최고의 열 편' 목록도—'최고의 백 편'이라한들—신성불가침으로 남을 수는 없다는 점이 확실해지지 않았는가. 생물학자들의 말처럼 인체의 모든 세포가 적어도 오 년을 주기로 새로이 바뀐다면, 우리 머릿속의 생각이라고 바뀌지 않을 이유가 어디 있겠는가? 그리고 이쯤 되면 무인도에서 읽을 책 목록을 고른다는 건 보람 없는 일일뿐만 아니라 불가능한 일이기까지 하다는 점 또한 확실해졌을 것이다.

그래도 교훈은 있다. 모든 사람에게는 자신의 견해에 대한 빼앗을 수 없는 권리가 있을 뿐만 아니라, 그 견해를 공공연히 표명할 억누를 수 없는 권리 또한 있다는 교훈이다. 그 민주주의의 씨앗을 온 세상에 뿌리자. 그러면 탐정소설뿐만 아니라 더 많은 것들이 안전을 누릴 수 있는 세상이 될 테니⋯⋯.

26장

암호에 관하여

18세기의 암호 해독법을—특히 글자의 사용 빈도에 관하여—19세기와 20세기 암호학의 발전과 비교해 보면 흥미로운 구석이 있다. 예를 들어 1772년 새뮤얼 존슨 박사라는 암호 이용자는 (틀림없이 즐거운 여가생활을 만끽하셨던 모양인데) 당시 새로 출간된 '암호에 관한 책'이었던 필립 티크니스의 『암호 해독과 암호를 이용한 집필에 관한 논문』에서 많은 것을 배웠을 것이다. 티크니스 자신도 그보다 한 세기를 앞선 1641년에 출간된 고전 『머큐리: 혹은 어떻게 멀리 있는 친구에게 자신의 생각을 은밀하고 빠르게 전할 수 있는가를 보여 주는 비밀스럽고 날랜 전달자』에서 많은 것을 배웠듯이 말이다.

새뮤얼 존슨 박사는 영어 알파벳 중 가장 자주 사용되는 글자 열 개를 꼽을 때 티크니스가 제시한 순서를 활용했을 것이다. e-o-a-i-d-h-n-r-s-t. 71년 후, 포는 「황금 벌레」(필라델피아:《더 달러 뉴스페이퍼》1843년 6월 21일자와 28일자에 처음 게재)를 쓰면서 다음과 같은 순서를 따랐다. e-a-o-i-d-h-n-r-s-t. 한 세기가 가까이 지났지만, 자주 쓰이는 글자의 순서는 거의 바뀌지 않았다. o와 a의 자리가 바뀐 것을 제외하면 두 순서는 정확히 같다. 포가 19세기에 사용한 순서가 18세기와 거의 같다는 점을 통해 미루어볼 때 포도 티크니스의 논문을 알고 있었으며 그에 빚을 졌으리라 추론해도 괜찮을 것이다. (포가 탐정소설을 발명할 때 참조한 다른 책으로는 어떤 것들이 있을까? 「모르그 가의 살인」 발표 칠 년 전인 1834년 필라델피아의 E. L. 캐리 & A. 하트 출판사를 통해 미국에 처음 출간된 『프랑스 경찰 제일요원 비도크의 회고록』을 알고 있었으리라는 점은 확실하다. 하지만 그 밖에 또 뭐가 있을까?)

티크니스로부터 131년 후, 그리고 「황금 벌레」로부터 60년 후, A. 코난 도일은 「춤추는 사람 그림」(1903년 12월에 발간된 《스트랜드》와 1903년 12월 5일에 발간된 《콜리어》에 처음 게재)을 썼다. 셜록 홈즈가 등장하는 이 소설에서 도일은 자주 쓰이는 글자 순서를 다음과 같이 나열한다. e-t-a-o-i-n-s-h-r-d. 그러니까 20세기 들어서 자주 쓰이는 글자의 순서가 급격히 바뀌었던 것이다. 하지만 도일이 1903년에 제시한 순서는 티크니스나 포보다 오늘날의 공식과 더 흡사하다. 1943년에 처음 출간된 로렌스 드와이트 스미스의『암호학: 비밀 서술의 과학』에 따르면, 오늘날 자주 쓰이는 글자 순서는 다음과 같다고 한다. e-t-o-a-n-i-r-s-h. 에토안 어시(etoan irsh)라고 외우면 쉽게 외워진다.

율리우스 아프리카누스,[1] 필로 메카니쿠스,[2] 폴리비오스,[3] 테오도루스 비블리안데르,[4] 요하네스 발키우스,[5] 루드비히 클뤼버의 시절과는 한참 다르다.[6] 다들 암호 이용자였고, 다들 실존 인물이다. 정말이다……. 비밀스럽게 의사를 전달하는 기술은 수 세기 동안 내려왔다. 하지만 왜 **비밀스러운** 의사소통이 필요하단 말인가? 언어 자체가 이미, 가장 간단한 단어까지도 충분히 비밀스럽지 않은가? 우리가 뜻하는 바를 정확히 말하는 경우가 얼

---

1 섹스투스 율리우스 아프리카누스. 2~3세기 기독교 여행가이자 역사가. 천지창조부터 당시까지의 기독교의 역사를 총망라한『연대기』(221)를 지었다.

2 비잔티움의 필론. 기원전 3세기 중엽의 그리스 기술자. 저서『역학개요서』중 제9권「편지에 관하여」에서 비밀 편지 작성법을 다루었다.

3 기원전 2세기 그리스 역사가. 헬레니즘 시대를 다룬『역사』를 저술하였고, 문자를 숫자로 바꾸는 암호 방식의 일종인 폴리비오스 암호를 창안하였다.

4 테오도르 부크만. 16세기 스위스의 언어학자이자 동양학자. 저서『모든 언어와 문자의 일반 원리에 관한 연구』(1548)의 한 챕터에서 비밀 서술법을 다루었다.

5 16~17세기 포메라니아(지금의 독일·폴란드 북부에 해당하는 발트해 남부 연안)의 법학자이자 연금술 저술가인 요한 그라스호프를 가리키는 것으로 보인다.

6 18~19세기 독일 법학자.『암호학: 비밀 서술법에 관한 안내서』(1809) 저술.

마나 된다고? 우리가 의사를 명확하게 밝히는 경우가 얼마나 된다고?

27장
공자의 정신을 갖춘 작달막한 동양인 탐정

    미스터리 소설 작가 가운데 탐정 해트트릭을 이뤄낸 작가는 상대적으로 흔치 않다. 탐정 해트트릭이란, 작가가 창조한 탐정이 다섯 개 주요 매체 모두에서 독자적인 시리즈를 갖춘 캐릭터가 되는 것이다. 얼 데어 비거스는 이를 해냈다. 그가 창조한 '인내심이 많고 금언을 즐겨 인용하는 중국−하와이계 미국인' 탐정 찰리 챈은 여섯 편의 빼어난 장편 소설에 주인공으로 등장하였으며, 이 소설들은 원래 전부 《새터데이 이브닝 포스트》에 연재된 연재물이었다. 그리고 이 여섯 이야기에 할리우드가 기적을 행하사, 워너 올랜드와 시드니 톨러가 출연한 영화가 최소 마흔 편 나왔다. 게다가 찰리 챈은 이 마를 줄 모르는 여섯 편의 이야기를 바탕으로 라디오 방송에도 매주 출연하여 범죄를 소탕하였고, 보다 최근에는 옛날 영화 재방영 덕분에 '아침 방송', '심야 방송', '심심야 방송' 중독자들을 거느린 텔레비전 인기 캐릭터로 등극하기도 했다. (그리고 1956년 11월, J. 캐롤 네이쉬가 출연하는 〈찰리 챈의 새로운 모험〉이 텔레비전용으로 촬영중이라는 소식이 발표되었다.) 그렇게 책과 잡지와 영화와 라디오와 텔레비전에서 챈의 이름은 '일가를 이룬 이름'이라는 고귀한 지위를 성취하였다.

흥미롭게도, 찰리 챈은 비평적으로나 대중적으로나 즉각 성공을 거두지는 못했다. 예를 들어 S. S. 밴 다인의 파일로 밴스처럼 순식간에 선풍적인 인기를 끌지는 않았다. 찰리 챈이 파일로보다 일 년 이상 먼저 미스터리계에 등장했는데도 말이다. 첫 번째 찰리 챈 소설 『열쇠 없는 집』(1925)의 겉표지에서는 오늘날 이토록 사랑받는 비거스 씨의 탐정을 이름으로 불러 주지도 않았다. 그저 '뚱뚱한 중국인 탐정'이라고만 언급했을 뿐이다. 하지만 《새터데이 이브닝 포스트》 연재를 몇 차례 거치면서 출판사 측의 얼굴이 밝아지기 시작했고, 겉표지 광고문에도 찰리 챈이라는 이름을 명기하면서 "너무나 유쾌하고, 너무나 유머 넘치고, 너무나 현명하고, 너무나 기민하다"는, 더없이 적절한 수식어를 붙이게 되었다. 그렇더라도 H. 더글러스 톰슨의 『미스터리의 거장들』(1931)처럼 포괄적인 탐정소설 역사서가 비거스 씨나 찰리 챈의 이름을 빠뜨렸다는 것 또한 부정할 수 없는 사실이다.

작가는 어쩌다 공자의 정신을 갖춘 작달막한 동양인을 새로운 유형의 탐정으로 떠올리게 되었을까? 비거스 씨는 다음과 같이 쓴 바 있다. "음침하고 사악한 중국인은 케케묵은 소재지만, 법과 질서의 편에 선 다정한 중국인은 한 번도 쓰인 적이 없다." 그래서 비거스 씨는 저 유명한 '푸 만추 박사'[1]의 컨셉을 가져와 뒤집었다. 불가사의한 얼굴에는 미소가 얹혔고, 악랄한 미치광이가 친절한 탐정으로, 무자비한 악당이 온화하고 상냥한 철학자로, 키가 크고 말랐으며 고양이처럼 생긴 악의 천재는 작고 통통하고 사랑스러운 선한 사마리아인으로 바뀌었다. 그리고 이와 같은 변화를 통해 인류애와 인종 간 관계에 봉사하였으나, 세상은 비거스 씨의 공로를 십분의 일도 인정해 주지 않고 있다……

찰리 챈은 유명 탐정이면서 단편 소설에는 한 번도 등장하지 않은 극소수 중 하나다. 《미스터리 리그》를 발간하던 시절 비거스 씨에게 서신을 보내어 후손들을 위해 찰리 챈 단편을 하나만이라도 써 달라고 애원하다시피 했던 기억이 난다. 하지만 비거스 씨는 챈에게 어울리는 정말 마음에 드는 단편 아이디어가 떠오른다면 그걸 육, 칠천 단어짜리로 낭비하기보다는 육, 칠만

---

1 영국의 소설가 색스 로머가 창조한 중국인 악당 캐릭터. '사악한 동양인' 스테레오타입의 대명사로 악명이 높다.

단어짜리 장편 소설로 확장하겠다는 답장을 보내왔다. 이 주장에는 반박할 도리가 없었다. 우리의 사랑스러운 찰리가 그렇듯, 비거스 씨 역시 본질적으로 실리적인 사람이었던 것이다.

28장
머리가 쪼그라든 캐릭터들

거의 전부 다까지는 아니더라도, 수많은 중편 탐정소설이 잘 못된 집필 방식을 통해 탄생한다. 거꾸로 방식이랄까. 원래 육 만 단어쯤 되는 장편 소설로 썼던 것을 잡지에 싣기 위해 이만 단어 정도로 축약해 낸 작품이 너무 많다는 얘기다. (원래 썼던 판본은 잡지 게재 후 책으로 낼 때 사용한다.) 잘 짜인 육만 단 어짜리 장편 소설을 삼분의 일로 압축하면서 캐릭터가 빈곤해 지거나 플롯이 앙상해지지 않도록 하는 건 불가능에 가까운 일 이다. 우리도 특히 전국적으로 발간하는 잡지들에 실린 이런 유 의 축약본을 읽어 보고는 몸서리를 치곤 했다. 과격한 편집 끝에 탄생한 핏기 없는 이야기들은 매끄러운 전환과 명확한 지속성을 심각하게 결여한 채 메뚜기처럼 사방팔방 뛰어다니는 듯한 효과를 내기에 이른다. 다른 식으로 말하자면 모든 캐릭터의 머리가 쪼그라든 것만 같은 기분이 든다고도 할 수 있겠다. 훗날 단행본으로 출간되어 몇몇 평론가들에게 우리 시대의 고전이라는 찬사를 받았던 한 작품을 그런 축약본으로 접했던 경험이 떠오른다. 잡지에 실린 축약본만 읽고도 그 작품에서 어떤 일이 누구에게, 언제, 어디에서, 왜 일어났는지 분석할 수 있는 독자가 있다면 어디 나와 보라고 하고 싶을 지경이었다.

그런가 하면 애초에 육, 팔천 단어짜리 단편 소설로 썼어야 했을 이야기를 이만 단어짜리로 만든 중편도 너무 많다. 이 경우 과도한 확장의 결과는 과도한 압축의 결과 못지않게 악랄하다. 어지간한 글 솜씨가 아닌 다음에야 단편 소설을 중편 길이로 확장하면서도 의도적으로 덧붙인 부분을 숨기기는 어렵다. 엑스레이 같은 비평 정신을 갖추지 않더라도 인플레이션으로 인한 지방 덩어리가 눈에 들어오는 것이다.

중편이 그 자체로 까다롭고 품이 많이 드는 형식이라는 점은 명백하다. 그저 단편 소설을 잡아 늘리거나 장편 소설을 압축한 것이어서는 안 된다. 프랑스인들은 중편이라는 단어에 대한 완벽한 정의를 갖추고 있다. **윈 콩포지시옹 리테레르 키 티엥 르 밀리외 앙트르 르 콩테 르 로망**une composition littéraire qui tient le milieu entre le conte et le roman. 즉, 단편 소설과 장편 소설 중간에 자리한 항로를 나아가는 문학 작품이라는 얘기다. 이 말이 시사하는 바는 그

저 길이만이 결정적인 요인이 아니며, 진정한 문학적 의미에서
의 중편이란 캐릭터나 구조를 희생하지 않고도 적절한 형태와
크기로 다듬어 낼 수 있는 재료를 갖추고 있어야 한다는 것이다.

29장
편집자의 작은 즐거움

　편집자로서 하는 모든 활동 가운데 가장 즐거운 일 중 하나는 옛 잡지를 뒤적이며 '숨은 보물'을, 한 세대 이상 먼지로 뒤덮인 채 묻혀 있던 잊힌 작품을 찾아내는 일이다. 옛 탐정들의 무덤을 수색하고 뒤지는 일종의 문학적 고고학이라고나 할까.

　이런 어두운 탐색, 유물털이에는 한밤중─마법이 횡행한다고 하는 바로 그 시간─이 제격이다……. 텅 빈 침묵 속에 시계 종소리가 울리면 침대 위에 기대앉은 다음, 야간등을 기울여 등 뒤에서 쏟아지는 빛이 구부려 세운 양 무릎을 가로지르도록 하고, 손 닿는 곳에는 주전부리를 늘어놓고, 가장 좋아하는 파이프(연초주걱이 가장 큰 것)에 담배를 채워 다져 넣고 불을 붙인 뒤, 귀를 기울여 가족들이 잠들었음을 확인하고는, 버석거리는 펄프 잡지와 (세월 탓에) 광택이 사라진 유광 잡지를 얼기설기 쌓아놓은 더미에서 맨 위의 것을 펴 든다……. 《검은 고양이》, 《파퓰러》, 《주간 탐정소설》, 《황금의 책》, 《단편 소설》, 《블랙 마스크》, 《미스터리》, 《햄튼》, 《어드벤쳐》, 《맥클루어》, 《먼시》, 《스마트셋》, 《에인슬리》……. 한밤의 기쁨을 가져다주는 이들의 이름은 여전히 마법의 주문처럼 들린다…….

30장
코넬 울리치와
윌리엄 아이리시의 비밀

　우리가 아는 한, 코넬 울리치는 자신과 윌리엄 아이리시가 동일인물이라는 사실을 한 번도 공표한 적이 없다. 아직도 의혹을 즐기고 계신 분들을 위하여, 과거 울리치 씨가 특이하고 간접적인 방식으로 비밀을 밝힌 적이 있음을 알려 드리겠다……

　1946년 랜턴 프레스 출판사에서 출간한 『네 번째 미스터리 길잡이』라는 제목의 선집에 실린 열아홉 편의 작품 중에는 윌리엄 아이리시와 코넬 울리치의 작품이 한 편씩 들어 있었다. 『미스터리 길잡이』시리즈는 작가들에게 짧은 약력을 부탁하는 전통이 있었으며, 그렇게 나온 작가들의 초상은 책 맨 뒤에 인쇄되었다. 다음은 윌리엄 아이리시가 제공한 약력을 발췌한 것이다.

윌리엄 아이리시는 서른여섯 살이고, 머리카락은 갈색에, 눈동자는 파랗고, 키는 174센티미터다. 뉴욕에서 태어났다. 못돼 먹은 성질의 소유자이며…… 화요일, 목요일, 토요일에는 기혼이다.

이제 이것을 역시 같은 책에 실린 코넬 울리치의 약력 발췌본과 비교해 보자.

코넬 울리치는 서른여섯 살이고, 머리카락은 갈색에, 눈동자는 파랗고, 키는 174센티미터다. 뉴욕에서 태어났다. 온화한 성질의 소유자이며…… 월요일, 수요일, 금요일에는 기혼이다.

코넬 울리치와 윌리엄 아이리시가 동일한 육신에 기거하는 두 개의 인격임을 증명하는 증거로 이 두 글귀를 제출하는 바이다. 여기에는 발견을 촉구하는 대목도 최소한 두 개는 있다. 아이리시 씨는 자신이 '못돼 먹은 성질'을 지녔음을 인정한다. 울리치 씨는 자신의 성질이 '온화'하다고 말한다. 여기에 불일치가 있는 것은 분명하지만, 해명은 그리 어렵지 않다. 아이리시―울리치는 기분이 좋은 날도 있고 나쁜 날도 있는 것이다. 다들 그렇지 않나?

하지만 날 이야기가 나왔으니 말인데, 기분이 좋든 나쁘든 간에 여전히 일요일에 관한 문제에는 주목해 봄직하다. 아이리시가 일주일에 사흘 동안 기혼이고, 울리치가 다른 사흘 동안 기혼이라면, 아이리시-울리치는 매주 일곱 번째 날인 일요일에는 어떤 상태란 말인가? 성경 인용인 걸까? "그가 하시던 모든 일을 그치고 일곱째 날에 안식하시니라……."

31장
방문 탐정

    우리는 종종 대학의 작문 수업에 와서 학생들에게 강연을 해 달라는 초청을 받곤 한다. 한번은 잡지 《바른 가사 생활》의 편집자인 허버트 R. 메이스의 청으로 뉴욕 시에 있는 모닝사이드 하이츠 대학교를 찾은 적이 있다. 메이스 씨는 당시 컬럼비아 대학교에서 신문방송학 대학원 수업을 맡고 있었고, 우리는 패널로 참석한 '객원 전문가' 셋 중 하나였다. 단상에 앉은 우리 왼편으로는 저명한 작가이자, 비평가, 전기 작가, 편집자, 퓰리처상 수상자인 고故 칼 반 도렌이 자리했다. 오른쪽에는 마찬가지로 유명하며 미국 경묘시의 대표 작가로 꼽히는 필리스 맥긴리가 자리했다. 워낙 유명한 분들이라 절로 겸허한 마음이 들었다. 하지만 강의는 예상외로 흥미진진하게 전개되었다. 학생들은 전기문이나 시에는 딱히 열성적이지 않은 듯했다. 믿거나 말거나, 그들이 비상한 관심을 보인 대상은 탐정소설이었다……

마찬가지로 바이올라 브라더스 쇼욕도 뉴욕 대학교에서 자신이 진행하는 단편 소설 작문 수업 심화과정의 객원 강사로—혹은, 시시한 말장난이 허용된다면, 방문 탐정으로—우리를 여러 차례 초청한 바 있다. 단편 소설 전반을 다루는 수업이었지만, 학생들은 그중에서도 탐정소설 형식에 특히 열의를 보였다.

자, 공개 토론에서 학생들이 우리에게 쏘아 댄 질문은 무엇이었을까? 탐정소설에 대한 학생들의 관심 폭은 어떠했을까? 여기 우리가 받은 질문 몇 가지를 나열해 본다. 하나같이 정곡을 찌르는 질문이었다.

오늘날 탐정소설의 주된 특성은 무엇입니까? 미래의 탐정소설은 어떤 측면을 강조하게 될까요?

뜻밖의 결말이 꼭 필요한가요?

미스터리 소설에서 성적 수위의 한계는 어디까지인가요? 단행본에서는요? 잡지에서는요?

평균을 따졌을 때 오늘날 탐정소설은 1930년대 작품들만큼 좋은가요, 더 나은가요, 아니면 그보다는 못한가요? 1940년대 작품들과 비교하면 어떤가요? 문체를 보자면요? 플롯은요?

우연이라는 장치는 신빙성을 잃지 않는 범위 내에서 어디까지 활용할 수 있을까요?

냉혈한 살인을 다루는 소설에서 유머는—특히 비꼬는 농담은
—어디까지 활용할 수 있나요?

사실주의란 무엇입니까?

낭만주의란 무엇이죠?

플롯과 긴밀히 연계될 경우, 특이한 배경을 활용하는 것은 바
람직한 일인가요? 그 편이 작품 판매에도 도움이 될까요?

우리는 보통 두 시간 연속으로 강연을 진행했다. 대학 규정상
야간 수업이 통상 오후 열시 삼십분에 끝나지 않았더라면 아마
더 길게 이야기했을 것이다. 정말이지, 위에 거론한 몇 가지 질
문만 가지고도 거기에서 파생되는 문제에 관해 책 한 권을—총
서 한 질이라도—쓸 수 있을 것이다.

하지만 여기서는 살짝 맛보기를 제공하는 차원에서, 마지막
질문에 관해서만 몇 마디 해 보기로 하자. 탐정소설 플롯의 발판
으로 흔히 쓰이는 배경이라는 주제에 관해서 말이다. 다시 한 번
우리의 경험을 돌아보노라니, 엘러리 퀸 시리즈의 첫 세 작품을
쓸 때 일부러 이전까지 탐정소설에서 한 번도 쓰이지 않았던 배
경을 선택했던 기억이 난다. 『로마 모자 미스터리』는 브로드웨이
연극 공연이 한창인 극장에서 살인의 막을 올렸다. 『프랑스 파우
더 미스터리』는 이야기를 백화점 쇼윈도에서 시작했으며, 대다

수 주요 사건이 그 거대한 건물 안에서 일어났다. 『네덜란드 구두 미스터리』는 탐정소설 사상 최초로 (당시 우리가 알기로는 그랬다) 병원을 활용했다. 물론 이건 사반세기도 더 된 옛날이야기라는 점을 명심하시길. 그 사이 많은 탐정소설들이 극장, 백화점, 병원을 무대로 내세웠다.

미스터리 소설의 역사 내내, 작가들은 플롯과 긴밀히 연결된 배경이 제공하는 분위기와 기술적 이점을 써먹었다. 애거서 크리스티의 『그리고 아무도 없었다』는 지리적 접근을 활용한 숱한 예 가운데 하나로, 이 경우에는 고립무원의 섬이라는 장치를 사용했다. 프랜시스 노이에스 하트의 『벨라미 재판』은 처음부터 끝까지 법정을 무대로 한다. 존 딕슨 카의 『눈먼 이발사』는 대서양을 횡단하는 여객선에서 펼쳐진다. T. S. 스트리블링의 『카리브 제도의 단서』, 피비 애트우드 테일러의 『케이프 코드 미스터리』, 토머스 월시의 『맨해튼의 악몽』, 존 W. 밴더쿡의 이국적인 시리즈 『트리니다드 살인』, 『피지 살인』, 『아이티 살인』도 지리와 관련된 사건을 다루고 있다.

《아메리칸 매거진》의 편집자들은 주의 깊게 선택한 배경이 지니는 극적 가치를 활용하기 위해 '미국' 중편을 쓰는 작가들에게 실제로 배경을 할당하기도 했다. 로렌스 G. 블록먼은 뉴욕 시 5번가와 42번 길의 교차로에 있는 뉴욕 공공 도서관 특유의 평안과 적막을 산산이 깨뜨리는 살인 사건이 벌어지는 이야기를 써 달라는 청탁을 받았다. 켈리 루스는 그리니치빌리지의 한 미술 전시회에서 벌어지는 범죄를 묘사할 것을 의뢰받았다. 렉스 스타우트는 펜싱장과 전국 화훼 전시장에 살인을 도입했다. 휴 펜터코스트는 뉴 햄프셔 포츠머스의 잠수함 기지에서 벌어지는 폭력적인 죽음을 그려 달라는 지시를 받았다. 그는 그 밖에도 프로 골프 토너먼트 경기, 도박장, 카운티 박람회의 가축 경매장 등 다양한 무대를 살인의 배경으로 활용했다. 그리고 필립 와일리는 뉴욕 자연사 박물관의 홀과 갤러리를 두루 살피며 인류의 먼 조상들의 거대한 뼈대 사이에서 현대적인 살인 사건의 단서를 찾아 헤맸다.

딱히 상상의 나래를 펴거나 실없는 농담을 의도하지 않더라도, 장차 인간이 달에서 총에 맞거나 칼에 찔리거나 분해되어 지구에서 파견된 탐정이 살인 사건을 수사하게 되는 상황을 예견하기란 그리 어렵지 않다. 정말이지, 과학소설 작가들은 아마도 이런 범죄가 벌어지리라는 것을 오래전부터 예측해 왔을 테니 말이다.

32장

탐정과 탐정소설 작가의 동식물학적 측면

I. 식물학적 기록

퀸 형제의 서재에서 남쪽으로 난 창의 창턱에는 신기한 식물 하나가 화분에 담겨 놓여 있다. 이 가상의 식물에는 진달래 잎 사귀를 닮은 질긴 녹색 잎사귀가 달려 있으며, 조그마한 '파인애플' 봉오리가 매년 딱 한 번, 크리스마스 몇 달 전에만 꽃을 피운다. 매년 그 무렵이 되면 봉오리가 활짝 펼쳐져 더없이 특이한 꽃으로 변하니, 『이상한 나라의 앨리스』에 나올 법한 이 식물이 피워내는 것은 바로 크리스마스 이야기다. 고유의 인식표에는 우리의 가느다란 필체로 투박하게 쓴 라틴어가 적혀 있다. 리테라이 노일루스 데텍티부스litteræ Noelus detectivus.

1941년 9월 미국 신문 가판대에 《엘러리 퀸 미스터리 매거진》이 첫 선을 보인 이래로, 이 특별한 식물은 한 번도 우리를 실망시킨 적이 없다. 매년 그 식물은 우리 독자들에게 들려줄 크리스마스 이야기를, 다시 말해 크리스마스 시즌에 어울리는 감성과 격려 가득한 이야기, 크리스마스 전통에 들어맞는 자연과 초자연에 관한 이야기를 전해 주었다. 바로 크리스마스 무렵에 벌어지는 탐정 이야기를. 부적절하다고? 아니, 우리는 그렇게 생각하지 않는다. 넓게 보면 죄와 벌에 관한 모든 이야기는 크리스마스에 어울리는 우화가 아닌가? 잔인하고 교활한 살인이 응분의 대가를 치르고, 정의가 승리를 거두고, 선이 악을 무찌르는 것은 모두 옳은 방향으로 나아가는 한 걸음 한 걸음이 아니던가. 지상의 사람들에게 평화와 선의를 안겨 주는 방향 말이다. 혹여 그런 크리스마스 이야기가 탐정 이야기로서는 낡았다고 하더라도, 그 또한 크리스마스 정신에 어울리지 않는가? 애초에 사상 최고의 크리스마스 이야기는 최초의 탐정 이야기보다도 훨씬 오래된, 거의 19세기 더 오래된 이야기 아니던가?

각주: 아무리 자가재배한 라틴어로 쓴 원예학적 표기라고는 해도 **리테라이 노일루스 데텍티부스**라는 표현은 불가능하다. 우리의 친애하는 언어학자 앤소니 바우처가 이 소식을 듣고는 경악하여 숨을 들이켜는 소리가 캘리포니아에서 여기까지 들려올 지경이

었다. 바우처 씨로서는 이와 같은 도전에 응하지 않을 도리가 없었다. 결국 그는 우리가 원래 말하고자 했던 바를 다음과 같이 제대로 옮겨 주고야 말았다. **파불라이 인퀴지토룸 인 디엠 크리스티 나탈렘**fabulæ inquisitorum in diem Christi natalem. (영어로 직역하자면 '그리스도의 생일을 위한 수사관 이야기들'이다.)

II. 동물학적 기록

식물 이야기가 나왔으니 동물 이야기도 해야지⋯⋯. 탐정과 탐정소설 작가의 동물학적 측면에 관해 생각해 본 적이 있는가? 물론 탐정은 흔히 블러드하운드[1], 수색견, 페럿[2] 등으로 불린다. 개인지 족제비인지, 그리고 칭찬인지 아닌지는 누가 지칭하느냐에 따라 다르다. 하지만 그 외에도 다양한 호칭이 있다. 탐정소설 작가와 그들이 창조한 주인공의 이름은 동물의 왕국 깊숙이 발을 들여놓고 있다.

예를 들어 렉스 스타우트는 네로 울프(늑대)와 테컴서 폭스(여우)를 창조했다. 하지만 두 동물 이름 모두 동물학 인명록에

---

1 개의 한 품종으로, 야생동물 및 사람을 추적하기 위해 교배함.
2 족제비과의 일종.

서 외톨이는 아니다. 그 밖에도 루이스 조셉 밴스의 마이클 랜야드는 '외로운 늑대'라는 호칭으로 더 유명하고, 디트리히 더든의 펜 끝에서는 울프 경찰국장이 탄생한 바 있다. 여우속屬에 속하는 인물로는 나이오 마시의 폭스 경위, 밸런타인 윌리엄스의 여우(알렉시스 드 발 남작의 다른 이름) 시리즈가 있으며, 유사 회고록이 성행하던 시절의 영국에서 활약한 오랜 친구 톰 폭스도 있다. 참고로 톰 폭스의 '고백'을 기록한 이는 더 오랜 친구인 익명이었다.

불(황소)은 속어로서의 쓰임새만 따져 보더라도 역시 경찰에 어울리는 이름이다.[3] 그래서 데이빗 프롬(본명 레슬리 포드)은 핑커튼 탐정의 동료에게 J. 험프리 불 경위라는 이름을 붙였으며, 밀워드 케네디는 조지 불 경을 창조했다.

A. A. 페어(본명 얼 스탠리 가드너)는 도널드 램(물론 양을 가리키는 말이다[4])을 창조했는데, 그러고 보니 패트리샤 웬트워스의 램 경위도 떠오른다.

E. 필립스 오펜하임의 조셉 P. 크레이 씨는 가재crayfish를 연상시키며, 일종의 같은 부류에 속하는 이로 베리 페인의 범죄 없는

---

3 영어의 'bull'은 경찰, 형사를 뜻하는 속어로 쓰인다.
4 도널드 램의 '램'은 'Lam'으로, 양을 가리키는 'lamb'와는 철자가 다르지만 발음은 같다.

탐정 호레이스 피시(물고기)[5]와 조지 셀마크의 배스(농어) 경위
도 있겠다.

　프랜시스 노이에스 하트(수사슴)는 그 성 때문에 우리 범죄 동
물 클럽의 일원임이 분명하며, 조너선 스태그(수사슴)와 클린튼
H. 스태그도 마찬가지이고(뒤쪽 스태그 씨는 초창기 맹인 탐정
중 한 사람인 손리 콜턴의 모험을 기록한 인물이다), 역시 아버
지 쪽 성 덕분에 시릴 헤어(토끼)도 여기에 속한다. 계속해서 개
과의 일원으로는 H. C. 맥닐(필명은 새퍼인데, 새퍼도 새 아닌
가? 우리가 샙서커랑 착각한 건가?[6])의 불도그 드러먼드, A. E.
필딩의 포인터 경위, 토리 챈슬러의 어맨다와 루티 비글 자매가
있다.[7]

　하지만 동물 탐정 형제회에서 가장 인상적이고 가장 광범위
한 일족은 조류다. 우선 애나 캐서린 그린은 자신이 창조한 많은
탐정 가운데 하나에게 호레이스 버드(새)라는 이름을 붙여 주었
다. 참매도 최소한 두 마리는 있다. 익명의 작가가 창조했으며

5　베리 페인은 『범죄 없는 수사: 고 호레이스 피시의 공책에서 발췌』라는 단편집에
　　서 범죄처럼 보여 수사를 진행하지만 사실은 범죄가 아니었다는 식으로 전개되는
　　이야기를 다루었다.
6　엘러리 퀸의 착각이다. 'sapper'는 공병이란 뜻이며, 'sapsucker'가 딱따구리의 일종
　　이다.
7　불도그, 포인터, 비글 모두 개의 품종이다.

영국에서 페이퍼백으로 출간된 기나긴 시리즈의 주인공이었던 딕슨 호크(참매)가 있고, C. E. 벡호퍼 로버트의 A. B. C. 호크스도 있다. 매도 한 쌍 있다. 드렉슬 드레이크의 팰컨(드레이크 씨까지 해서 두 마리임을 주목할 것[8])과 마이클 알렌의 게이 팰컨(매)이다.

조류 가족의 흥미진진한 일원으로는 아니타 부텔의 아치볼드 스토크(황새) 박사가 있고, 니콜라스 올드의 롤랜드 헌(왜가리의 변종[9])도 있다. 물론 스튜어프 파머의 파이퍼(도요새) 경위와 레슬리 채터리스의 틸(쇠오리) 경위도 훌륭한 본보기다. 조지 바맥커천은 앤더슨 크로(까마귀)라는 이름의 70대의 소도시 보안관을 후원하였다. 대실 해밋은 한때 이름이 로빈(울새)인 시적인 사립탐정에 관한 이야기를 쓴 바 있다. 더 거슬러 올라가면 E. 필립스 오펜하임이 창조한 외교의 달인 피터 러프(목도리 도요새)가 나온다. 우리의 탐정 나무에는 갈까마귀 두 마리도 둥지를 틀고 있다. 조지 랜돌프 체스터의 블래키 도(갈까마귀)는 '한탕' 윌링포드의 손버릇 나쁜 범죄 파트너이고, 아처 도는 J. S. 플레처가 쓴 단편 소설에 등장하는 최초의 중요한 탐정이다.

---

8 드레이크의 'drake'에는 수오리라는 뜻이 있다.
9 헌(Hern)과 왜가리(heron)의 발음이 유사한 데에서 착안한 말장난.

우리의 깃털 달린 친구들 중에는 이 밖에도 에드거 월래스의 스패로(참새), 마거릿 어스카인의 셉티머스 핀치(되새), 아서 서머스 로치의 아르망 코셰(수탉), 일명 '흰 독수리', 그리고 스튜어트 파머의 하워드 룩(떼까마귀), 엘사 바커의 덱스터 드레이크(수오리)와 얼 스탠리 가드너의 폴 드레이크, 로이 비커스의 피델리티 도브(비둘기)와 크리스토퍼 몰리의 도브 덜싯이 있으며, 최소한 두 명의 로버트 화이트—각각 조지 코벳 부인과 브랜더 매튜스가 쓴—가 밥 화이트(메추라기)라는 이럭저럭 친근한 이름으로 알려져 있다. 명단을 마저 완성하자면, 탐정계의 새장에는 범죄 전문 왜가리도 두 마리 있다. 바로 조너선 라티머의 빌 크레인(왜가리)과, 팻과 진 애봇을 창조한 작가 프랜시스 크레인이다. (문득 떠오른 생각인데, G. K. 체스터튼의 혼 피셔[10]도 넣어야 하지 않나?)

그 밖에도 무수히 많다……. 프랭크 L. 패커드의 '회색 물개' 지미 데일, 레슬리 포드의 피니어스 T. 벅(수사슴), 에드거 월래스의 엘크 경위. 게다가 엘크 경위가 등장하는 책은 제목부터가 이 동물학적 기록에 딱 들어맞는다. 『개구리 결사대』 아닌가.

하지만 끝으로 그중에서도 가장 자주 등장하는 이름을 언급해

---

10 'fisher'는 물고기를 잡아먹고 사는 동물을 총칭하며, 특히 'kingfisher'는 물총새를 가리킨다.

야만 하겠다. 저 영원한 용의자들, 소설보다 현실에 더 편재하는(그런 게 가능하다면) 자들, 역설적이게도 동물 명단에서 익명을 담당하고 있는 멤버들인, 제인 도와 리처드 로에게 경의를 표하는 바이다.[11]

11 제인 도(Jane Doe)와 리처드 로(Richard Roe)는 용의자, 피고, 사체 등의 신원이 불분명하거나 익명으로 처리해야 할 필요가 있을 때 흔히 사용하는 이름이다. 동시에 'doe'는 암사슴, 'roe'는 노루를 뜻하는 말이기도 하다.

33장
역사상 가장 훌륭한
탐정소설을 뽑는다면

　종종 이런 질문을 받는다. "역사상 가장 훌륭한 탐정소설 단편집은 무엇인가요?" 탐정소설이 현대적 양식을 갖춘 지 한 세기가 지나도록 그에 대한 답이 변함이 없다는 사실은 정말이지 기이한 일이 아닐 수 없다. 언젠가 길버트 K. 체스터튼은 이렇게 썼다. "미국 최초의 문학적 챔피언이 위대한 우승컵을 거머쥔 이래로, 미국은 단 한 번도 그 우승컵을 내어준 적이 없다고 생각한다. 아니, 그보다도 그 문학적 챔피언이 실로 독창적인 솜씨를 발휘하여 우승컵 자체를 빚어 냈노라고 하는 편이 나을까……. 다시 말해, 나는 에드거 앨런 포 씨가 세운 표준 양식을…… 이론의 여지없이 확실하게 넘어선 적은 없다고 믿는다."

　그렇지만, 질문을 "역사상 가장 훌륭한 탐정소설 단편집 네 권은 무엇인가요?"라고 바꾸는 편이 좀 더 대답하기 쉽겠다. 최고작 마흔 편을 선정한다면 그보다 더 쉬울 테고 말이지.

최고작 네 권이라. 대답을 망설일 이유가 있을까? 우리의 견해로는, 그중 둘은 미국인이 썼고 나머지 둘은 영국인이 썼다. 물론 가장 훌륭하고 가장 중요한 책(둘이 항상 같지는 않은 법이다)은 에드거 앨런 포의 『이야기들』(1845)이다. 이 책에는 뒤팽이 등장하는 세 편의 걸작이 수록돼 있다. 미국인이 쓴 책 중 포의 『이야기들』에 버금가는 책으로는 멜빌 데이비슨 포스트의 『엉클 애브너』(1918)를 꼽겠다. 영국 작가가 쓴 가장 훌륭하고 가장 중요한 (혹은, 포의 경우에도 마찬가지지만 가장 영향력 있다는 표현이 더 적절할지도 모르겠다) 탐정소설 단편집 또한 퀸의 사총사에 들어가야 마땅한 작품이다. 물론 A. 코난 도일의 『셜록 홈즈의 모험』(1892)을 두고 하는 이야기다. 그리고 그 걸작에 버금가는 영국 작가의 작품으로, G. K. 체스터튼의 『브라운 신부의 결백』(1911)이 있다.

『퀸의 정원庭園』에서 말한 적이 있지만, "이 네 책은 해당 분야에서 가장 빼어난 책이요, 범죄의 정수라 할 만하다. 이 책들은 현 시대를 넘어서서 미래의 탐정소설 작가들이 겨냥하게 될 표적으로 자리매김하고 있다. 그러나 그나마도 피라미드를 향해 조약돌을 던지는 행위에 지나지 않으리라."

오늘날 뒤팽, 셜록 홈즈, 브라운 신부가 등장하는 단편은 하나도 빠짐없이 세간에 알려져 있다. 그리고 오랜 믿음에 따르면, 포스트 씨가 정의를 사랑하는 제퍼슨주의 향사 엉클 애브너에 관해 쓴 소설은 이 '순수의 수호자이자 잘못의 교정자'가 등장하는 유일한 단행본에 수록되었던 단편 열여덟 편이 전부라고들 했다. 하지만 이것은 사실이 아니다. 엉클 애브너가 책으로 처음 데뷔한 후 약 십 년이 지났을 무렵, 엉클 애브너의 창조자는 충실하고 다부진 '주님의 목소리이자 팔'에 관한 일련의 이야기를 더 써냈다. 이 신작 중에는 단편 세 편도 포함되어 있었으며, 우리는 기쁘게도 이 작품들을 《엘러리 퀸 미스터리 매거진》에 재수록한다는 지극히 특별한 영예를 누렸다. 이 작품들이 1927년 《시골 신사》(엉클 애브너 이야기를 발표하는 잡지의 이름으로는 더할 나위 없지 않은가!)를 통해 게재된 이후로 처음 있는 일이었다.

상상해 보시길, 세 편의 엉클 애브너 '신작'이라니! 이에 필적하거나 이를 능가할 수 있는 탐정소설 '세쌍둥이'는 셋뿐이다. 새로운 뒤팽 이야기 세 편(한 편만으로도 황홀할 테지만), 셜록 홈즈의 새로운 모험이나 회상록 세 편(모조품 말고 진짜로), 혹은 브라운 신부의 새롭고 순수한 불신 셋…… 안타깝게도 전부 천국의 이편에서는 바랄 수 없는 일이다.

미결 사항: 최고의 장편 탐정소설 네 편? 이상하게도, 이 질문은 더 골치가 아프다. '최고'라는 말이 장편 소설에 붙으면 훨씬 더 붙잡기 어려운 말이 되고 만다. 앞서와 마찬가지로 질문을 네 편의 가장 중요한 혹은 가장 영향력 있는 장편 탐정소설로 바꾼다면 좀 더 대답하기 쉽겠다.

그중 세 권은 의문의 여지가 없다. 에밀 가보리오의 『르루즈 사건』(1866). 최초의 장편 탐정소설이니까. 윌키 콜린스의 『월장석』(1868). 영어로 쓴 최초의 장편 탐정소설이자 아마도 사상 가장 훌륭한 탐정소설일 테니까. 그리고 A. 코난 도일의 『진홍색 연구』(1887). 세상에 셜록 홈즈를 소개해 주었으니까.

그럼 네 번째는? 고를 만한 작품이 너무 많아 망설여진다. 하지만 이 질문을 역사적 의의와 질적 성취 양면에서 주의 깊게 검토해 본다면—다시 한 번 반복하거니와, 역사적 의의와 질적 성취 **모두를** 말이다—가장 영향력 있는 탐정소설 네 번째는 미국 작품이며, 아마도 하드보일드 유파에서 나오리라 깊이 확신하는 바이다.

너무 에둘러 말한다고? 이처럼 문제에서 한 발 비켜서는 태도는 우리답지 못하다고? 우리를 못 박아야만 직성이 풀리시겠다고? 어쩔 수 없지. 우리는 대실 해밋의 작품에 한 표를 던지겠다. 『몰타의 매』(1930)나 『유리 열쇠』(1931) 중 하나로. 진정한 미국적 유파에서 액션과 로맨스를 강조하시는지, 아니면 액션과

성격 묘사를 따지시는지에 따라 최종 선택은 여러분께 맡기겠
다.

34장
간결한 필체로 쓴다는 것

오몰리[1] 단편을 처음 읽어 본 독자는 대개 다음과 같은 반응을 보인다. 뭐야, 이렇게 간단한 글은 나도 쓰겠네! 과연, 작가인 윌리엄 맥하그는 긴 단어나 낯선 단어는 거의 사용하지 않는다. 그가 쓴 오몰리 이야기는 '기초 영어의 실제' 수업이나 마찬가지다. 문장 구조도 간단 그 자체다. 하지만 속지 마시길. 그런 소설은 읽기는 더 쉽지만 쓰기는 더 어렵다. 많은 프로 작가들이 그처럼 갈고닦은 간결한 필체를 얻을 수 있다면 자신의 왼쪽 눈도 내어줄 것이다.

---

1 미국의 저널리스트 윌리엄 맥하그의 단편집 『오몰리 사건집』에 등장하는 경찰 캐릭터.

그렇다면 오몰리 이야기가 점차 독자의 마음을 사로잡아 가는 까닭은 무엇일까? 왜 처음 여섯 편을 읽을 때는 보지 못했던 것이 다음 여섯 편을 읽을 때는 보이는 걸까? 오몰리의 사건들이 당신을 파고드는 이유는 무엇일까? 일단 맛을 들이고 나면 그 이유가 뚜렷하게 보인다. 간결하고, 자연스럽고, 아무런 꾸밈도 없는 스타일이 이 장르가 허용하는 진정한 사실주의의 최대치를 이루고 있기 때문이다. 이것은 여러 가지 면에서 맹렬한 하드보일드 작가들이 만들어 내는 사실주의보다 더 진정한 사실주의다. 그리고 진정한 사실주의는 일단 받아들이기만 하면 속으로 깊숙이 파고든다.

오몰리 시리즈를 오해하지 마시길. 그건 부드러운 소설들이 아니다. 거칠고 간결하고 억센 그 소설들이 솔직한 문학적 카메라를 이용해 담아낸 경찰의 삶은 사진처럼 선명하다.

35장
세상 밑바닥에서 온 보고서

    탐정소설이 성장을 거듭하여 성년에 이르렀다는 증거가 시간이 지날수록 놀라우리만치 쌓여 가고 있다. 여기에 또 하나의 증거를 덧붙인다. '세상 밑바닥'[1]에서 온 보고서다.

    1887년(장르의 역사에서 운명적이었던 해[2])부터 20세기 초까지, 전 세계 범죄 작가 컨벤션에서 오스트랄라시아[3]를 대표하는 이는 두말할 나위도 없이 퍼거스 흄이라는 이름의 작가였을 것이다. 『핸섬 캡 미스터리』라는 근사한 책의 작가인 흄은 탐정 및

---

1 지구 남반구에 위치한 오스트레일리아, 뉴질랜드 인근을 가리킨다.
2 1887년은 아서 코난 도일이 처음으로 셜록 홈즈 소설을 발표한 해다.
3 오스트레일리아, 뉴질랜드, 서남태평양 제도를 아우르는 지역을 일컫는 말.

범죄소설을 거의 도맡아 쓰다시피 했다. 놀라운 퍼거스는 당대에도 다작으로 유명한 글쟁이 정도에 불과했다. 그의 스타일은 허세와 과잉으로 가득했으며 섬세하기는 드레드노트 전함 같았다. 오늘날에 와서는 아무 책이나 가리지 않고 먹어 치우는 용감한 팬이 아니고서는 흄 씨가 쓴 멜로드라마를 읽어 내기 쉽지 않을 것이다. 흄의 단편 하나를 우리의 '여성학 연구서'—『같은 종의 여성』—에 사용했을 때도, 파란 연필이라는 편집자의 메스로 상당량의 지루함을 절제해 내는 외과 수술이 필수였다.

오늘날 앤잭[4] 탐정소설 작가를 대표하는 이는 두말할 것도 없이 퍼거스 흄보다 사십 년 뒤에 태어난 나이오 마시다. 지금까지 마시 양이 쓴 글의 분량은 아마도 흄이 늘어놓은 말의 십분의 일쯤 될 것이다. 전 세계가 그녀의 책을 일급으로 치고 있으며, 온 세계 평론가들이 그녀의 작품들을 가리켜 '온화하고, 지적이고, 즐겁다'고 말한다. 훗날 탐정소설의 역사를 기록하는 자리에서 흄 씨와 그가 쓴 백삼십여 권의 책은 아마도 달랑 각주 하나로 오그라들 것이다. 반면 마시 양이 이 분야에서 거둔 성과는 한 챕터를 채우기에 어려움이 없으리라. 하워드 헤이크래프트는 마시 양이 상황을 생생하게 그려내는 재능과 극적인 타이밍을 놓

4 제1차 세계대전 당시 오스트레일리아와 뉴질랜드 연합군을 합쳐 일컫는 말.

치지 않는 감각, 그리고 빼어난 캐릭터 구현 능력을 갖추고 있다고 말한다.

그처럼, 탐정소설은 어엿한 사나이로 (그리고 아가씨로) 자라난 것이다…….

단편 탐정소설은 대척지[5]에서는 인기 있는 양식이었던 적이 없다. 저 역사적인 인물인 흄도 그토록 많은 작품을 양산하는 와중에 단편집은 두 권밖에 내지 않았으며(1896년 작 『난쟁이의 방』과 1898년 작 『전당포의 하갈』), 그를 제하더라도 탐정-범죄 단편집을 출간한 오스트레일리아 작가는 셋뿐이다. 찰스 주너(1898년 멜버른에서 출간한 『죽은 자의 이야기』), 룩스(루시 M. 존스의 가명으로, 그녀가 쓴 『바다의 비밀』은 나이오 마시의 고향인 뉴질랜드 크라이스트처치에서 1889년에 출간됐다), 그리고 윌리엄 맥거핀(1920년 멜버른에서 출간한 『오스트레일리아 변방의 이야기』)이 그들이다. 오늘날의 상황은 나이오 마시가 퀸에게 보낸 편지 중 하나를 인용하는 것으로 요약할 수 있겠다.

"돋보이는 범죄 단편을 쓴 오스트랄라시아 작가는 전혀 알지 못합니다. 아직 뉴질랜드까지 작품이 소개되지 못한 작가가 있을지도 모르겠지만요. 이곳 아래쪽에 사는 우리는 긴 소설을 추

---

5 영국의 지구 반대편에 위치하는 오스트레일리아와 뉴질랜드를 일컫는 말.

구하는 듯하며, 우리의 단편 작가들은 다들 사로얀[6] 풍의 작품만을 씁니다. 대표적으로 프랭크 사지슨[7]이랄지……."

후일담: 이 세상 밑바닥에서 온 보고서를 쓴 것은 십 년 전의 일이어서 우리는 이 통계가 아직도 정확한지 궁금해졌다. 통계에 관해 확실한 것이 하나 있다면, 통 가만히 있지 않는다는 것이니까. 게다가 우리가 오류를 범하기 쉽다는 확신도 날로 커져 가고 있고. 제아무리 호기심을 불태우고 열정을 불사른다 한들 고작 두 사람이서 하루 이십사 시간 한 주에 칠 일만으로 최신 정보를 따라잡을 수는 없는 법이다.(하물며 과거를 낱낱이 발굴하는 일이야 말할 것도 없다.) 그 대상이 탐정-범죄 단편 소설처럼 지극히 제한된 분야라고 하더라도 말이다. 따라서 이런 위험을 염두에 두고 통계표를 다시 출력해 보았지만, 슬프게도 우리가 엘러리 퀸이 코안경을 끼던 초창기 때나 지금이나 여전히 시대에 뒤떨어져 있는 모양이라는 깨달음만을 얻었을 뿐이다.

6 미국의 극작가 윌리엄 사로얀. 아르메니아 이민자의 애환을 담는 한편 엄혹한 환경에서도 선함을 잃지 않는 소박한 인물들의 이야기를 다루곤 했다.
7 뉴질랜드의 대표적인 단편 소설가로, 뉴질랜드 문학을 세계에 알리는 데에 주도적인 역할을 했다.

36장

내 운명의 책

퀸 중의 한 사람이 고하노니……. 어린 시절 나의 독서 습관
은 순수하고 순결했다. 투표할 나이가 되기 전까지 닉 카터[1]는
읽지도 않았다는 점을 여기 고백하는 바이다. 내 어린 시절의
독서는 호레이쇼 엘저,[2] 톰 스위프트,[3] 바이킹 전설, 앤드루 랭
의 형형색색 동화책,[4] 프랭크 메리웰,[5] 베이스볼 조,[6] 떠돌이들,[7]

---

1 19세기 말부터 펄프 잡지에 등장한 사립탐정 캐릭터로, 이후 여러 작가의 손을 거
  치며 다양한 포맷을 통해 변주된 미국 사립탐정의 대명사.
2 미국의 소설가. 척박한 환경에서도 꾸준히 노력하여 자수성가할 수 있다는 주제
  를 담은 청소년 소설로 유명하다.
3 미국의 소설가이자 출판업자인 에드워드 스트레이트마이어가 창조하고 이후 여
  러 유령작가의 손을 통해 무수한 청소년 과학 모험 소설에 등장한 캐릭터.

타잔, 삼총사, 쥘 베른, 펙의 나쁜 녀석,[8] 그리고—그래, 오즈 시
리즈로 이루어져 있었다. 나는 요즘도 오즈 시리즈를 다시 읽을
수 있으며, 실제로 자주 다시 읽는다. 왠지 몰라도 행복했던 그
시절에는, 범죄 수사 이야기는 영화를 제외하고는 접하지 못했
다. 아놀드 데일리가 크레이그 케네디 교수로, 크레이턴 헤일이
월터 제임슨으로, 펄 화이트가 일레인으로, 그리고 사악한 셸던
루이스가 '움켜쥐는 손'으로 출연한 〈일레인의 위업〉을 기억하는
가? 그 황금빛 여름 내가 유혈낭자한 픽션의 세계에 가장 가까
이 다가간 사례는 아마도 『탐정 톰 소여』였을 것이다. 내가 '였을
것이다'라고 말한 까닭은 이상하게도 어린 시절 『탐정 톰 소여』
를 읽었던 기억이 남아 있지 않기 때문이다.

---

4 스코틀랜드의 시인, 소설가, 평론가인 앤드루 랭이 각지의 설화를 채록하여 엮은
　열두 권짜리 책으로, 『빨간 동화책』, 『파란 동화책』 하는 식으로 책마다 제목에 색
　이름을 붙였다.
5 미국의 소설가 길버트 패튼이 버트 L. 스탠디시라는 필명으로 쓴 장단편 소설에
　등장하는 만능 스포츠맨 모험가 캐릭터.
6 미국의 어린이책 작가 하워드 R. 개리스가 레스터 채드윅이라는 필명으로 쓴 어린
　이책에 등장하는 야구선수 캐릭터.
7 에드워드 스트레이트마이어가 아서 M. 맨스필드라는 필명으로 쓴 인기 어린이책
　시리즈에 등장하는 사관생도 캐릭터들.
8 미국의 정치가이자 작가인 조지 윌버 펙이 신문에 연재한 소설에 등장하는 말썽
　꾸러기 캐릭터.

열두 살이 되었을 때 우리 가족은 뉴욕 주 북부에서 뉴욕 시로 이사했고, 브루클린에 계시던 할아버지와 한동안 함께 살았다. 내가 셜록 홈즈를 처음 만난 것은 1917년 겨울, 할아버지의 집에서였다. 오, 그 잊지 못할 날이여!

그 위대한 순간이 찾아왔을 때, 나는 아파 누워 있었다. 그 옛날 내 왼쪽 귀에는 주기적으로 농양이 생기곤 했다. 농양은 매해 꼬박꼬박, 더없이 규칙적으로 생겼다. 그리고 내가 기억하기로는 항상 학교 시험 주간에 생겼다. 할아버지는 낡은 회중시계를 내 왼쪽 귀에 평평하게 대시고는 내가 농양을 쨌 후에도 여전히 그 커다란 시계 소리를 듣지 못한다는 사실을 매번 놀라워하셨다.

나는 작은 방의 침대에 누워 있었다. 왓슨 박사가 자주 묘사하곤 하는, 겨울의 손가락이 창문을 긁어 대는 '음산하고 바람 부는' 날이었다. 고모 한 분이 근처 공립 도서관에서 빌려온 책을 건네주셨다.

『셜록 홈즈의 모험』이었다.

나는 내가 운명의 가장자리에 서 있다는—앉아 있었다고 해야 하려나—사실을 알지 못한 채로 책을 폈다. 잠시 후면 내 인생의 작품이 탄생하리라는 예감이나 낌새는 없었다. 첫인상은 실망스러웠다. 하퍼판의 권두삽화를 보았는데, 코트와 줄무늬 바지를 입은 맹숭맹숭한 남자가 신부복을 입은 젊은 여자의 팔을 잡고 있는 그림이었다. **연애 소설이네.** 나는 그렇게 생각했다. 매력 없는 커플이 교회에서 막 식을 올리려는 모습이었으니 그럴 법도 했다. 삽화 아래의 인용문—"신도석의 신사가 그녀에게 그것을 건넸다."—도 별 도움이 되지 못했다. 정말이지 권두삽화로는 잘못 골랐다고밖에 할 수 없는 시드니 파젯의 그 그림 속에 열두 살짜리 소년의 이목을 끌 만한 구석은 하나도 없었다. 특히 왼쪽 귀가 아픈 소년이라면.

오직 미지의 불가사의한 육감만이 나로 하여금 책장을 넘겨 목차를 살피도록 이끌었다. 그리고 세상은 환해졌다. 첫 번째 작품—「보헤미아 스캔들」—도 작은 흥분을 예고하긴 했지만, 다음 작품이야말로 획기적인 이정표였으며 앞으로도 영원히 그럴 것이다.

낯선 흥분이 몰아치며 내 귀의 통증에 도전장을 내밀었다. 「빨강머리 연맹」! 그 간단한 낱말들의 조합이 굶주린 소년의 머릿속을 얼마나 파고들었던지! 나는 허둥지둥 목차를 훑어 내렸다. 「입술이 비뚤어진 사나이」…… 「얼룩 끈의 모험」…… 나는 넋을 잃고 말았다! 황홀경에 빠져 그 이후로 영원토록 넋을 잃고 말았다!

나는 「보헤미아 스캔들」의 첫 장을 펼쳤고, 대결은 그때부터 시작되었다. 참을 수 없었던 귀의 고통이—사라졌다! 열두 살짜리 소년만이 빠져들 수 있는 우울의 심연이—기억에서 지워졌다!

나는 그날 밤 『셜록 홈즈의 모험』을 다 읽어 치웠다. 슬프지 않았다. 기뻤다. 그것은 끝이 아니었다. 시작이었다. 나는 두려움 없이 새로운 세계로 향하는 문을 두드렸고, 입장을 허락받았다. 내 앞에 긴 길이 뻗어 있었다. 내가 생각했던 것보다도 더 기나긴 길이. 그날 밤 책을 덮는 순간, 내가 역사상 가장 훌륭한 책을 읽었다는 기분이 들었다. 그리고 나는 지금도 열두 살짜리의 비평 감각이 그토록 정확하고 노련했다는 사실에 경탄을 금치 못한다. 문학적 판단이 성숙해졌노라 우쭐거리는 지금도, 나는 여전히 『셜록 홈즈의 모험』을 세계 제일의 걸작 중 하나로 여긴다.

그날 밤에는 거의 잠을 이루지 못했다. 잠을 자기나 했는지 모르겠다. 그저 말똥말똥한 정신으로 이 꿈에서 저 꿈으로 옮겨 다니며 한없이 더 경이로워져 가는 꿈에 사로잡혀 있었다. 날이 밝았을 때, 창문으로 쏟아져 들어오는 햇살이 어찌나 상징적이던지. 나는 침대를 박차고 내려와 옷을 입고 귀는 여전히 노란 얼룩이 묻은 솜뭉치로 틀어막은 채 몰래 집을 나와 후들거리는 발걸음으로 공립 도서관을 찾아갔다. 물론 도서관이 개장하기에는 너무 이른 시각이었지만 나는 계단에 앉아 기다렸다. 실제로는 몇 시간을 기다렸지만, 단정한 차림새의 노부인이 와서 문을 열어 주기까지 몇 분밖에 지나지 않은 듯한 기분이었다.

그러나 오호 통재라, 내게는 회원증이 없었다. 물론 양식을 작성해서 집에 가져가 부모님의 서명을 받고 사흘 후—사흘이라고? 세 번의 영겁이겠지!—에 방문하여 회원증을 수령하면 되기는 했다.

나는 빌었다. 간청했다. 아마 내 목소리와 눈빛에 무언가 저항할 수 없는 것이 있었던 모양이다. 그 시절의 사서님, 이제 와 감사드리는 바입니다! 감사가 너무 늦었네요. 그 상냥한 노부인은 도서관의 모든 규칙을 어기고 내게 회원증을 주었다. 그리고 눈을 반짝이며 도일이라는 사람이 쓴 책이 어디에 있는지 알려 주었다.

나는 서고로 달려갔다. 처음에는 끔찍하고 충격적인 실망을 느꼈다. 책장에 도일의 책이 있기는 했다. 하지만 수가 너무 적었다! 나는 셜록이 도서관 한가득 줄줄이 늘어서서 인내심을 가지고 나의 '성숙'을 기다리고 있기를 기대했던 것이다.

나는 세 권의 고귀한 책을 찾아내었다. 그 책들을 팔 밑에 끼고 가서, 대여 도장을 받고, 집으로 뛰어갔다. 다시 침대로 들어간 나는 책을 읽기 시작했다. 『진홍색 연구』, 『셜록 홈즈의 회상』(권두삽화를 보고 무서워 죽는 줄 알았다), 『바스커빌 가의 개』. 그 책들은 음식이요, 음료이며, 약이었다. 그리고 퀸의 모든 말들과 퀸의 모든 신하들도 엘러리를 원래대로 되돌리지 못했다.[9]

하지만 나의 운명에 서명하고, 낙인을 찍어 봉하고, 전달해

194

준 것은 『셜록 홈즈의 모험』이었다. 그 뒤를 이은 책들은 그저 밑그림을 넓히고 잊을 수 없는 세세한 것들로 가득 채워 주었을 뿐이다. 누가 잊을 수 있으랴, 큰 키에 몹시 호리호리하며 면도 날처럼 생긴 얼굴에 매부리코를 지닌 그 사내를…… 혹은 그의 쥐색 실내복과 호박 물부리가 달린 파이프를…… 혹은 베이커 가 221B의 저 전설적인 방 안에서 그가 고개를 푹 숙인 채 성큼 성큼 초조하게 오가는 모습을…… 혹은 그가 사건 현장을, 때로 는 네 발로 기어 다니고 코를 땅에 파묻으며 살피는 모습을…….

누가 잊을 수 있으랴, 그 여위고도 정력적인 몸놀림과 예리한 연설을…… 혹은 탄산수 제조기라고 불리는 신비로운 빅토리아 시대의 가사 도구를…… 혹은 그 '대가'가 담배를 넣어 두는 페 르시아 슬리퍼와 시가를 보관하는 석탄 통을…… 혹은 벽에 난 저 애국적인 총알구멍들과 실로 기이한 멜로디를 끌어내는 바이 올린 뜯는 소리를…… 혹은 피하주사기—여린 감성에 얼마나 충 격적이었는지!—를…… 혹은 런던의 안개를 뚫고 나타나는 유 령 같은 핸섬 마차를—덜컹덜컹 위험한 모험을 향해 달려가는 그 마차 뒤에는 열두 살짜리 소년이 문학적 곡예를 벌이며 기적

---

9 영국 동요 〈험프티 덤프티〉의 가사 중 "왕의 모든 말들과 왕의 모든 신하들도 / 험 프디 덤프티를 원래대로 되돌리지 못했다네"를 인용.

적으로 매달려 있었으니…….

정말이지, 누군들 잊겠는가?

어느 날 Q. 패트릭[1]들과 함께 직업상의 대화를 나누다가 화제가 탐정소설의 고전적인 주제 및 장치로 옮겨 갔다. 가장 오래된 것은 물론 (비록 이렇게 생각하는 사람은 얼마 없지만) 밀실이다. 은밀히 봉인된 방이라는 개념은 세계 최초의 탐정소설인 「모르그 가의 살인」에서 탄생했다. 시간이 지남에 따라 미스터리 작가들은 다른 기초적인 플롯 아이디어들도 개발했다. 예를 들면 다음과 같다.

---

1 Q. 패트릭 혹은 패트릭 쿠엔틴, 조너선 스태그는 탐정소설 작가 휴 콜링엄 휠러, 리처드 윌슨 웹, 마사 모트 켈리, 메리 루이즈 화이트 애스웰이 함께 사용한 필명이다.

－가족이나 동네, 심지어 도시 전체에 몰살 위협을 가해 오는 연쇄 살인.

－불가능 범죄. 예컨대 썰물 시간대에 해변에서 한 사람이 칼에 찔려 죽었는데 시체가 발견된 주변의 모래에는 발자국이 전혀 남지 않았다든가. (요즘 같으면 헬리콥터에서 찔렸다고 할까?)

－고립무원의 섬 혹은 폭풍우 속에 고립된 집.

－살해당한 사람의 머리가 사라졌는데 신원이 불분명함.

－알리바이 문제를 다루는 시간표 퍼즐.

－기차, 배, 비행기, 혹은 낙타 대상단에서 일어난 죽음 등을 포함한 운송수단에 관한 주제.

－머리를 지끈거리게 하는 다중 해답.

－세계정복 혹은 푸 만추 스릴러.

－기타 등등…….

이어 Q. 패트릭들은 조만간 모든 미스터리 소설가들이 퀸의 『네덜란드 구두 미스터리』가 남긴 발자취를 따라 병원에서 살인을 저지를 것이라고 말했다. Q. 패트릭들은 병원에서 일어나는 살인이 지속적인 매력을 지니는 이유에 관한 흥미로운 이론을 세워 두었다. 그들의 믿음에 따르면 병원에서 누군가를 죽인다는 행위는 우리의 심리를 끌어당기는 데가 있는데, 왜냐하면 생명을 앗아가는 행위와 생명을 살리는 행위 사이의 대조란 어떤 미스터리 작가도 거부할 수 없을 만큼 극적이기 때문이다. 게다가 플롯을 변주할 방법도 무척 다양하다. 특히 자양분으로 삼을 만한 새로운 과학적 데이터가 워낙 많은 덕분에 기본 주제가 곰팡내를 풍길 일이 없다. 이어 Q. 패트릭들은 병원이라는 공간은 더없이 유혹적인 여자 주인공까지 제공한다고 주장했다. 어쩔 수 없이 한밤의 복도에서 쫓기게 되거나, 수술용 원형극장에서 갇히거나, 그보다 더 머리카락이 곤두서고 소름 끼치는 곤경에 처하게 되는 아름다운 간호사를 말이다.

모든 작가가 새로운 수법을 필요로 한다. 새로운 캐릭터, 새로운 감정적 상황, 새로운 단서, 새로운 추론, 새로운 행동의 연쇄, 새로운 훈제 청어, 새로운 클라이맥스, 새로운 해결책……. 그렇다, 작가가 줄거리 내내 새로운 놀라움을 창조해 내기만 한다면, 제아무리 오래된 주제나 장치라 한들 진부해지지 않는다. 그토록 쉬운 일이다!

38장
미스터리의 대가들

    B. H.(Before Haycraft: 헤이크래프트 이전)에 영어권에서 나온 탐정소설에 관한 가장 야심찬 논문은 단행본으로 출간된 H. 더글러스 톰슨의 『미스터리의 대가들』(런던: 콜린스, 1931)이었다. 이 삼백 쪽에 달하는 책 뒤에는 세 개의 찾아보기가 있다. 첫 번째는 본문에서 언급한 탐정소설의 일람이고, 두 번째는 작가명 일람이며, 세 번째는 탐정명 일람이다.

    자, 이름이 언급된 쪽수가 가장 많은 작가는 누구일까? 에드거 앨런 포일까? 포는 탐정소설의 아버지로서 가장 위대한 공헌을 이루었다고 인정받는 작가가 아닌가. 그러니 논리적으로 생각했을 때 그의 이름을 참조 및 교차참조한 횟수가 가장 많을 듯하다. 하지만 아니다. 포도 최상위권이기는 하지만, 전체 쪽수를 따지면 2위에도 들지 못한다.

포 뒤에 등장한 위대한 삼인방은 어떨까? A. 코난 도일, G. K. 체스터튼, 멜빌 데이비슨 포스트. 아니다. 포와 마찬가지로, 도일과 체스터튼의 순위도 높기는 하지만 둘 다 참조 횟수에서 선두를 달리지는 못한다. 그리고 엉클 애브너의 창시자 포스트는 아예 목록에 들어 있지도 않다. 책 전체를 탐정소설의 역사에 바친다면서, 엉클 애브너가 처음 책으로 나온 이후 십삼 년이 지나 출간된 책이면서, 멜빌 데이비슨 포스트의 이름은 언급도 하지 않는다는 걸 상상할 수 있는가? 같은 맥락에서 대실 해밋의 이름은 딱 한 번 간신히 언급되었으며(그나마 이름에서 l을 하나 빠뜨린 채 Dashiel이라고 표기했다), 톰슨의 역사책이 나오기 육 년 전에 찰리 챈을 창조한 얼 데어 비거스처럼 더없이 유명한 미국 작가도 완전히 무시당했다.

장르를 깊이 공부한 독자를 포함한다고 하더라도, 어느 작가가 『미스터리의 대가들』에서 가장 많은 쪽수를 자신의 이름 아래 올리고 있는지를 맞출 수 있는 이는 많지 않을 것이다. 그 작가는 바로—프리먼 윌스 크로프츠다.

톰슨의 역사책에서 열다섯 쪽 이상 이름이 거론된 모든 탐정소설 작가들의 성적은 다음과 같다.

프리먼 윌스 크로프츠─28

A. 코난 도일—27

에드거 앨런 포—25

에밀 가보리오—24

애거서 크리스티—24

에드거 월래스—22

도로시 L. 세이어즈—20

S. S. 밴 다인—18

R. 오스틴 프리먼—16

G. K. 체스터튼—15

같은 일람 체계를 활용한 책으로, 하워드 헤이크래프트의 탐정소설 역사에 관한 저서 『쾌락을 위한 살인』(뉴욕: 애플턴—센추리)에 언급된 같은 작가들의 성적도 여기 기록해 둔다. 이 책이 톰슨의 책보다 십 년 후에 출간됐다는 이점이 있다는 점은 인정해야겠다.

프리먼 윌스 크로프츠—6

A. 코난 도일—23

에드거 앨런 포—37

에밀 가보리오—14

애거서 크리스티—9

에드거 월래스-4

도로시 L. 세이어즈-28

S. S. 밴 다인(윌러드 헌팅턴 라이트 명의도 포함)-26

R. 오스틴 프리먼-7회

G. K. 체스터튼-9회

영국과 미국, 두 개의 성적을 비교해 보니 최소한 에드거 앨런 포의 상대적 중요성에는 변화가 생겼다……. 멜빌 데이비슨 포스트로 말할 것 같으면, 『쾌락을 위한 살인』에서는 일곱 쪽에 이름을 올렸다. 해밋은 아홉 쪽, 비거스는 다섯 쪽이다.

영국 유파를 폄하하거나 앵글로-색슨 탐정계의 3S를 폄하할 의도로 꺼낸 이야기는 전혀 아니다. 참고로 3S란 가볍고soft, 느리고slow, 매끄러운smooth 작법을 뜻하며, 이는 영국제 트위드 슈트가 그렇듯 질기고 오래간다……. 이와는 대조적으로—이 대조가 중요한데—미국의 하드보일드 유파라는 변종에는 5S가 있다. 이는 야만적이고savage, 충격적이고shocking, 섹시하고sexy, 멋 부리고sophisticated, 선정적인sensational 작법을 가리키며, 요란한 책 커버가 그렇듯, 질기지도 오래가지도 않는다…….

39장
딱 맞는 이름

최초의 통신학교 탐정을 창조한 작가는 엘리스 파커 버틀러다. 미국식 유머 특유의 외설성을 가미한 글을 썼던 버틀러 씨는 자신의 우편 주문 추적자에게 딱 맞는 이름을 지어 주었다. 파일로 겁Philo Gubb이라는 이름을.

세 음절[1]을 머릿속에서 굴려 보고, 큰 소리로 발음해 보시길. 파일로 겁의 소동을 읽기도 전에 이미 캐릭터가 모습을 갖춘다. 이름의 생김새와 소리 자체가 촌뜨기 탐정을, 입을 열 때마다 조금씩 순수 영국 영어를 살해해 가는 시골뜨기를 가리키는 듯하

---

1 영어 음절수를 따진 것이다.

다. 좀 더 젊은 세대라면 틀림없이 사냥 모자를 쓴 모티머 스너드[2] 같은 남자를 떠올리겠지.

파일로라는 이름은 언제나 우리를 사로잡는다. 영어가 의사소통 수단으로서 얼마나 교묘하고 유연한지를 보여 주는 완벽한 예를 제공해 주기 때문이다. 현대 소설 속의 범죄전문가 중에서도 유명한 파일로가 한 사람 더 있지 않은가.

S. S. 밴 다인은 이름을 고르는 데에 있어 꼼꼼한 사람이었으며 이름의 함의와 정확성을 가려낼 줄 아는 귀를 지니고 있었다. 자신의 딜레탕트 추론가에게 붙여줄 이름을 찾던 그는—세련미의 정수를 뽐내는 이름, 외알 안경과 완벽하게 어울리는 이름으로—파일로를 선택했다. 그리고 다시 한 번, 이것은—언어의 유연성이란 그러할지니—딱 맞는 이름처럼 보인다…….

2 미국의 배우 에드거 버겐이 복화술 공연에 사용한 캐릭터로, 발음이 어눌하고 머리가 둔한 것이 특징이다. 사냥 모자는 모자 앞뒤로 긴 챙이 나오고 옆에 귀마개를 할 수 있는 천이 달린 모자이며, 셜록 홈즈가 착용한 이후 탐정을 대표하는 소품으로 자리 잡았다.

40장
탐정소설 제목의 해부

I. 인식의 충격

S. S. 밴 다인은 연속성 있는 제목을 짓는다는 전략을 철저히 활용한 최초의 현대 탐정소설 작가다. 비슷하게 반복되는 그의 작품 제목(책마다 핵심 단어만 바뀐다)은 그의 필명과 작품 사이에 고유의 유대관계를 형성해 주었을 뿐만 아니라, 독자가 마음속에서 후속작들을 받아들이도록 유도했다. 모든 밴 다인 소설에는 (한 가지 통탄할 만한 예외를 빼고는) '무슨무슨 살인 사건'이라는 제목이 붙어 있고, 그 무슨무슨은 항상 벤슨Benson, 그린Greene, 케늘Kennel과 같은 여섯 글자짜리 이름이나 단어로 되어 있다.

밴 다인이 작품 제목 패턴을 창안하고 삼 년 후, 엘러리 퀸도 자신만의 제목 왕조를 설립하여 『로마 모자 미스터리』에서 암시한 공식을 연달아 아홉 작품 동안 이어 나갔다. 우리의 경우 첫 번째 단어는 항상 지리명을 형용사형으로 쓰고, 두 번째 단어는 구체적인 사물의 이름을 쓴다. 그렇게 해서 『로마 모자 미스터리』 이후 『이집트 십자가 미스터리』와 『중국 오렌지 미스터리』 같은 제목들이 엘러리 퀸의 신작으로 자리매김하였다.

밴 다인은 자신의 계획을 끝없이 이어나갈 수도 있었다. 영어에 여섯 글자짜리 단어나 이름은 끝도 없이 다양하니까. 하지만 퀸 시리즈의 제목 조합을 아홉 번 쓰고 난 우리는 급성 제목 빈혈증에 시달리게 됐다. 물론 아직 『페르시아 양탄자 미스터리』나 『스위스 시계 미스터리』가 남아 있었던 것은 사실이다. (다만 『인도 곤봉 미스터리』라는 제목에는 항상 특별한 애정을 느껴 왔던 터라, 실제로 그 제목에 어울리는 미완성 플롯도 짜 두었다.[1]) 하지만 밑천이 드러난 데다 지명에는 한계가 있음을 민감

---

1 페르시아 양탄자, 스위스 시계, 인도 곤봉은 모두 국명과 사물명이 한데 묶여 관용구처럼 거론되는 표현으로, 엘러리 퀸의 국명 시리즈가 지향하는 의외의 조합과는 거리가 멀다. 다만 인도 곤봉(indian club)은 체조에서 사용하는 곤봉의 일종을 가리키는 말이며 실제 인도와는 무관하기 때문에 다른 둘보다 좀 더 가능성 있는 제목이었던 셈이다.

히 의식하고 난 뒤에는 결국 제목의 연속성을 포기하고 『재앙의 거리』와 『폭스 가의 살인』처럼 다양한 제목으로 옮겨 갔다. 그렇 지만 훗날 반 윅 메이슨이 퀸의 공식을 변주하여 국명 대신 도시 명을 활용하는 방식을 고안해 냈음을 언급해 둘 필요는 있겠다. 『상하이 부두 살인』과 『부다페스트 퍼레이드 살인』에서처럼 말 이다.

다른 탐정소설 작가들도 제목을 선정함에 있어 이런 '인식의 충격'을 노리곤 했다. 점층법을 사용한 사례로는 불멸의 브라운 신부 모험담이 있다. 『브라운 신부의 결백』, 『브라운 신부의 지 혜』, 『브라운 신부의 의심』, 『브라운 신부의 비밀』, 『브라운 신부 의 스캔들』은 길버트 K. 체스터튼이 연상 기억법에도 관심이 많 았음을 시사한다. 조르주 심농의 단편집 세 편도 제목만은 한결 같다. 『열세 명의 범인』, 『열세 개의 수수께끼』, 『열세 개의 미스 터리』.

얼 스탠리 가드너가 쓴 페리 메이슨 시리즈의 제목이 지닌 연 속성은 단 한 번도 흔들림이 없었다. 처음 두 작품은 『벨벳 손톱 사건』과 『토라진 아가씨 사건』이었는데, 이 처음 네 단어[2]의 힘 은 한결같이 이어져서—사실 그 어느 때보다도 더 강해졌다고

2 모든 제목이 'The Case of the……'로 시작한다.

해야겠다ㅡ, 가드너 씨가 쓴 오십 번째 페리 메이슨 소설의 제목은『얌전한 피고 사건』이었다.

패트릭 쿠엔틴도 구식 제목 잇기의 신실한 신도다.『바보들을 위한 퍼즐』,『선수들을 위한 퍼즐』,『꼭두각시들을 위한 퍼즐』, 『음탕한 여자들을 위한 퍼즐』을 확인하시길.

이하 그 밖의 예를 작가가 취한 수법에 따라 분류해 보았다.

색깔: 콘스턴스와 귀니스 리틀은 첫 번째 책에『회색 안개 살인』이라는 제목을 붙였다. 두 사람은 어쩌면 이 제목을 다시 생각해 보고는 '회색'이라는 단어가 제목의 연속성을 오래도록 이어나간다는 무거운 짐을 지기에는 너무 나약하다는 결론에 이르렀는지도 모르겠다. 사정이야 어쨌든, 이후 그들이 쓴 책 열두 권의 제목은 전부 '검은'이라는 단어를 핵심으로 삼았다.『검은 신혼여행』,『검은 엄지』,『검은 장갑』,『검은 특급』등등. 코넬 울리치도 '검은'이라는 단어를 사용했다. 그가 사이먼 앤드 슈스터에서 출간한 작품 중에는『검은 천사』,『검은 커튼』,『공포의 검은 길』이 있다. 그런가 하면 프랜시스 크레인은 한 가지 색깔에 얽매이지 않았다. 그녀는 말하자면 '무지개 방식'을 썼다. 그녀가 쓴 팻과 진 애봇 시리즈의 제목으로는『분홍색 우산』,『녹황색 고양이』,『남색 목걸이』가 있으며, 한번은 색을 이중으로 입힌 적도 있다. 바로『노란 제비꽃』[3]에서다.

알파벳: 바너비 로스였던 시절, 우리는 이전의 현신[4]을 여러모로 본받았다. 여러분께서는 배우 탐정 드루리 레인이 등장하는 바너비 로스 시리즈가 『X의 비극』에서 시작해서 『Y의 비극』으로 이어진 후, 다시 『Z의 비극』으로 흐름을 마무리 지었음을 기억하실 것이다. 한 유명 출판업자가 『Z의 비극』에 이어 『&의 비극』을 써 보라고 제안하기는 했지만 말이다. 물론 훗날 알파벳 순서를 뒤집어 다시 처음부터, 이번에는 『A의 비극』부터 시작하지 못할 것도 없다. 다만 로렌스 트리트가 그런 가능성이 지닌 흥을 다소간 앗아가 버렸다. 트리트 씨는 알파벳 방식에 새로운 변화를 도입했다. 그의 소설 제목에도 알파벳이 들어가는데, 『죽음Death의 D』, 『사형집행인Hangman의 H』, 『희생자Victim의 V』 하는 식이다.

인용: 참조할 만한 통계 자료가 있는 것은 아니지만, 퀸의 명예를 걸고 말하건대 진지한 책들 중 놀라우리만치 많은 수가 문학적 인용에서 제목을 따오며, 그중 W. 셰익스피어라는 작가의 작품은 거의 무궁무진한 저수지 노릇을 하고 있다. 탐정소설계

---

3 제비꽃을 가리키는 'violet'이라는 단어에는 보라색이라는 뜻도 있음.
4 바너비 로스 명의로 비극 시리즈를 쓰기 전에 먼저 국명 시리즈를 발표한 엘러리 퀸을 가리킴.

의 경우, 가장 독창적인 방식으로 제목의 연속성을 추구한 이로 C. W. 그래프턴이 있다. 그래프턴 씨는 미군에 복무하기 전에 『쥐가 밧줄을 갉기 시작했네』와 『밧줄이 도살자를 목매달기 시작했네』라는 제목의 책을 썼다.[5] 유혈낭자한 민간인의 삶으로 돌아온 후 그래프턴 씨가 쓰게 될 세 번째 책의 제목은 물론 이미 예정된 거나 다름없었다. 운율로 보나 논리적 흐름으로 보나, 애초에 영감을 제공했던 마더 구스 동요에서 따온 『도살자가 황소를 죽이기 시작했네』가 딱이었다. 하지만 그래프턴 씨는 군복무를 하는 동안 이런 제목의 연속성에 지겨워진 모양인지, 그런 제목의 세 번째 책은 영영 쓰지 않았다.

숫자: 프랜시스 비딩은 『한 멀쩡한 사람』이라는 책을 쓴 적이 있다. 그다음에 나온 책은 『두 장의사』였다. 프랜시스 비딩이 숫자를 이어 나가야겠다는 아이디어를 떠올린 것이 어느 시점이었는지는 모르겠다. 하지만 비딩식 연속성이 지닌 웅대한 가능성

---

5 영국 전래 동요 〈노파와 돼지〉에서 따온 제목이다. 노파가 시장에서 산 돼지를 집으로 데려오기 위해 각종 사물과 동물의 연쇄반응을 이용하는 내용으로, 절정부에 "쥐가 밧줄을 갉기 시작했네 / 밧줄이 도살자를 목매달기 시작했네 / 도살자가 황소를 죽이기 시작했네 / 황소가 물을 마시기 시작했네……"로 이어지는 가사가 나온다.

을 직접 판단해 보라. 『세 어부』, 『네 병기공』, 『다섯 멋쟁이』, 『여섯 명의 당당하게 걷는 자들』, 그리고 건너뛰어서, 『열 가지 성스러운 공포』, 다시 건너뛰고 『열두 가지 변장』. 참으로 어마어마하게 야심찬 기획이 아닌가!

하지만 요즘 작가들은 연속 제목을 구식 모자처럼 여긴다는 시대의 징후—퍽 슬픈 징후라고 해야 할 텐데—가 엿보인다. 그래도 궁금하지 않을 수 없다. 우리 독자와 작가 중 아직도 구식 모자를 거리낌 없이 쓰고 다닐 사람이 얼마나 될 것인지…….

Ⅱ. 다른 사람에게는 독

몇몇 영국 출판사들은 미국 책의 제목을 바꾸려는 충동에 시달린다……. 그리고 공정을 기해 말하자면, 그 반대도 마찬가지다. 딱히 개인적으로 불평할 이유가 있다는 얘기는 아니다. 엘러리 퀸의 소설 중 대서양을 건너며 변화를 겪어야 했던 작품은 『중간에 놓인 집Halfway House』 하나뿐이었고, 그 변화라는 것도 그저 철자 문제일 뿐이었다. 영국 출판사 측에서는 'Half-Way House'라는 표기를 선호했다. 하지만 퀸이 엮은 선집 세 편은 미국판 제목을 바꾸어야 했다. 『정정당당한 피』는 『정정당당한 탐정 이야기』가 되었다. 『같은 종의 여성』은 『범죄계의 숙녀들』이라는 영국식 드레스를 입었다. (미국판 제목을 러디어드 키플링의 시에서 따 왔기 때문일까?) 그리고 『범죄 문학』은 영국에서 다시 나오면서 『엘러리 퀸이 선정한 유명작가 25인의 미스터리 소설』이라는 제목으로 활짝 피어났다.

제목에 대한 취향의 문제를 떠올리게 된 것은 패트릭 쿠엔틴이 쓴 한 소설의 미국판을 보게 되면서였다. 미국판 제목은 『헤픈 여자들을 죽여라』였는데, 우리로서는 듣도 보도 못한 작품이었다. 우리가 패트릭 쿠엔틴의 작품 하나를 놓쳤던 걸까? 아니었다. 그저 미국판을 낸 출판사가 역시나 저항할 길 없는 충동에 굴복했던 것뿐이었다. 『헤픈 여자들을 죽여라』는 『음탕한 여자들을 위한 퍼즐』을 표지만 바꾼 책이었다.

그래서 우리는 우리의 좋은 친구들인 패트릭 쿠엔틴(과 Q. 패트릭)에게 짧은 편지를 보내어 대서양을 건너면서 제목이 바뀌는 문제를 어찌 대하고 있는지 물었다.

알고 보니 그 친구들은 많이도 두들겨 맞아온 모양이었다. 세 필명 전부로 말이다. 이유를 모르겠단다. 그들이 생각하기로는, 책이란 세계를 아우르는 물건이다. 그렇다면 대체 왜 제목을 바꾸어야 하는가? 『데이비드 코퍼필드』가 미국에서 『페고티의 아이』로, 혹은 『허클베리 핀』이 영국에서 『더글러스 과부댁의 아이』나 『톰 소여의 동료』(실제로 책의 부제이긴 하다)로 출간될 경우 어떤 혼란이 올지 상상해 보라. 패트릭은 또 이렇게 물었다. 『바람과 함께 사라지다』를 새로운 제목으로 출간할 만큼 자신감 넘치는 미국 출판사도 있을까?

그러나 불쌍한 탐정소설은 원래 제목으로도 부를 수 없는 것이다.

Q. 패트릭의 『그린들의 악몽』은 영국에서 『어두워져 가는 계곡』으로 출간됐다. 『여성 도시회 살인』은 『비둘기장의 죽음』으로 영국화되었다. 그리고 『현장에 돌아오다』는 『버뮤다의 죽음』이 되었다.

조너선 스태그 명의로도 도무지 영국 출판사들의 구미에 맞는 제목을 떠올릴 수가 없는 모양이었다. 왜? 원래의 미국판 제목이 그렇게 매력이 없거나 부적절하단 말인가? 직접 판단해 보시길. 『처방전 살인』은 영국에서 『자비로운 살인』이 되었다. 『탁자의 회전』은 『다섯을 위한 장례식』으로 변했다. 그리고 『노란 택시』는, 영국 제목에서도 교통수단이라는 점은 유지되었지만 영국 독자들에게는 『영구차를 불러라』로 알려지게 되었다. 또 다른 책인 『진홍색 원』은 탐정-미스터리적 함의[6]를 완전히 잃고 말았다. 믿거나 말거나, 영국 측 출판업자는 『랜턴 불빛』이라는 제목을 선호했다.

---

6 『진홍색 원』은 아서 코난 도일의 첫 번째 셜록 홈즈 소설인 『진홍색 연구』를 암시하는 제목이다.

한 사람의 음식이 다른 사람에게는 독이라고들 하니까……

III. 항상 최고는 아니다

대서양을 건너며 바뀌는 책 제목에 관해 좀 더 생각해 보자……. 영국의 평론가이자 서적 탐색가인 E. A. 오스본이 우리에게 보낸 편지에서 이런 이야기를 한 적이 있다. "미국의 출판사들은 종종 영국판 제목이 무의미하거나 미국 독자들에게 매력적으로 느껴지지 않는다는 이유로 거절하곤 합니다. W. W. 제이콥스의 세 번째 책 『성게들』은 미국에서 『더 많은 화물』로 출간되었는데, 저는 이미 『성게들』을 구해다 준 사람들에게서 『더 많은 화물』의 영국 초판이 없느냐는 문의를 여러 차례 받았습니다."

우리도 과거에 같은 실수를, 즉 영국 도서 중개인에게 영국 도서 카탈로그에는 존재한 적도 없는 책의 초판을 구해 달라고 애원하는 실수를 얼마나 많이 저질렀던가 생각하니 얼굴이 붉어진다. 예를 들어, 갓 책을 수집하기 시작하던 시절 우리는 열두 개는 되는 런던의 서적상들에게 회람을 돌려 토머스 버크의 『라임하우스의 찻집』 영국 초판이 없느냐고 물었다. 범죄, 수사, 공포 걸작 「오터몰 씨의 손」을 수록한 책이었기 때문에 특히 초판을 구하고 싶었다.

수개월이 지났다. 그리고 수년이 지났다. 『라임하우스의 찻집』 영국 초판은 코빼기도 보이지 않았다. 이해할 수 없었다. 당시 그 책은 상대적으로 최근에 나온 책이었다. 몇 년 사이에 그렇게 희귀해질 리가 없었다!

어느 날, 할리우드의 한 서점에서 책을 훑던 중, 우리는 토머스 버크가 썼다는, 제목을 한 번도 들어 본 적이 없는 책을 발견했다. 『퀑 노인의 농담』이라는 책이었다. 책을 펴고 목차에 이른 순간, 제목의 수수께끼가 풀렸다. 『퀑 노인의 농담』은—오스본 씨의 논의를 뒷받침하듯—『라임하우스의 찻집』의 미국판과 같은 해에 출간된 영국판의 제목이었다.

R. 오스틴 프리먼의 책 중에서도 미국 서적 수집가들의 헛된 노고를 야기한 책이 최소한 두 권은 있다. 『푸른 스카라베』의 영국 초판을 탐내어 그 제목으로 구매 희망 목록을 작성한 적이 있는 미국 도서애호가들이라면 좌절에 좌절을 거듭하는 고통을 맛보았을 것이다. 의뢰를 받은 영국 중개상이 같은 책의 영국판인 『손다이크 박사 사건집』을 보내 줄 정도로 박학다식하지 않았다면 말이다.

빼어나지만 상대적으로 알려지지 않은 프리먼의 책인 『한 푼도 남김없이』는 미국 출간 후 육 년이 지나서야 영국에서 출간됐는데, 영국판 제목은 『학자의 복수』였다. 자신은 어느 프리먼 작품집에 두 책이, 두 제목 모두로 실린 걸 목격한 적이 있다고 주장하는 어느 미국 서적상과 기나긴 서신을 주고받았던 기억이 난다. 놀라운 이중 서격의 사례라 하겠다.

아서 모리슨이 쓴『구나의 초록 눈』이라는 이국적인 제목이 붙은 책은 미국 출판사를 거치면서—대체 왜 그랬을까 종종 궁금해하곤 하는데—『초록 다이아몬드』로 바뀌었다.

레슬리 채터리스의 미국적인 제목『부들』[7]은 미국에서는『세인트가 끼어들다』가 되었다.

애거서 크리스티가 쓴『열세 가지 수수께끼』의 미국판 표지에는『화요일 클럽의 살인』이라는 제목이 붙었다. 물론 이 경우에는 미국 출판사에 박수를 보내야겠다.

J. S. 프레처의『폴 캠픈헤이: 범죄학 전문가』는 미국 출판까지 이십일 년을 기다려야 했으며, 결국『의안의 단서』라는 제목으로 소개됐다. 아마도 지금까지 언급한 책 중에 출판업자의 세대가 바뀜에 따라 제목에 대한 시각도 변화한다는 점을 이보다 더 잘 드러내 주는 책은 없을 듯하다.

래플스 시리즈의 두 번째 책은 영국과 미국 출판사 사이에서 종종 발생하는 현격한 견해차를 보여 주는 완벽한 사례다. 영국과 미국 모두 래플스 시리즈 첫 작품의 제목은『아마추어 금고털

7 'boodle'은 장물, 뇌물을 가리키는 속어다.

이』였다. 래플스 시리즈 두 번째 작품은 영국에서는『검은 가면』이었다. 그러나 이 제목과 저 유명한 신사 도둑 사이의 연관성은 망각 속으로 사라진 듯하다. 조지 베이츠처럼 박식한 영국 서적상조차『검은 가면』이라는 제목을 완전히 잊어버려서, 한번은 어느 중요한 탐정소설 카탈로그에서 래플스 시리즈 세 번째 책인『한밤의 도둑』을 시리즈 '두 번째' 책으로 올려놓은 적도 있으니 말이다. 반면, 진짜 두 번째 책의 미국판 제목—그냥『래플스』—은 래플스의 별명인 '아마추어 금고털이'보다 훨씬 끈질기게 살아남았다.

E. 필립스 오펜하임의『자유의 게임』은, 우리 생각으로는 미국판 제목인『상냥한 사기꾼』에 비해 한참 떨어진다. 그리고 전형적인 영국식 제목을 달고 나온 오펜하임의『디킨스 경위 돌아오다』는—당연하게도—전형적인 미국식 제목인『갱스터의 영광』으로 바뀌었다.

오르치 남작부인의 고전『구석의 노인』은 미국에서 처음 출간될 때 살짝만 바뀌어『구석의 남자』가 되었다. 하지만 이 최초의 안락의자 탐정에 대한 추억을 간직한 독자에게라면 이 '작은' 변화는 세계가 뒤바뀐 것처럼 느껴질 것이다.

비슷한 경우로, 에드거 월래스의『J. G. 리더 씨의 마음』은 미국에서『J. G. 리더 씨의 살인집』으로 바뀌었다. 역시 겉보기에는 사소한 변화 같지만, 사실은 보다 넓은 독자층의 관심을 끌고자 했던 작가의 의도를 좌절시키는 제목이다. 『J. G. 리더 씨의 마음』이라는 제목은 인물의 성격 묘사(창작 과정에서 월래스가 종종 놀랄 만큼 능숙한 솜씨를 발휘했던 부분)를 강조하지만, 『J. G. 리더 씨의 살인집』은 선정성(창작 과정에서 월래스가 종종—놀랍게도—서투름을 내비쳤던 부분)을 강조한다.

아서 B. 리브의 『침묵의 총알』(그렇지 않다고 주장하는 사람도 많지만, 크레이그 케네디 시리즈 첫 번째 작품이다)은 영국에서 『검은 손』으로 출간됐다. 영국 출판사들도 미국 바이러스에 완전히 면역은 아니라는 증거겠다.

아마도 단편 탐정소설계 전체에서 가장 기괴하다고 할 만한 제목 변경 사례는, 그 기괴함과는 별개로 기록이 남아 있는 가장 오래된 사례이기도 하다. 영국판 제목이 『어느 수사관의 회상』이었던 '워터스'(본명 윌리엄 러셀)의 책에 대해 존 카터는 "초창기 '노란 표지책'[8] 중에서 가장 중요한 책"이라고 평한 바 있다. 이 책은 1883년 미국에서 다임 노벨로 출간되었다. 런던에서 처음 출간되고 이십칠 년이 지난 후였으며, 미국에서 『어느 경찰관의 회상』이라는 '해적판'으로 처음 출간된 때로부터는 삼십일 년이 지난 후의 일이었다. 1883년에 출간된 다임 노벨판의 제목은

---

8 19세기 중후반 영국에서 오락거리로 인기를 끌었던 싸구려 소설책. 표지가 노란색이었다.

—놀라지 마시라!—『비밀 형사: 혹은 어느 도박장에서 보낸 하룻밤』으로 바뀌었다.

이를 통해 알 수 있듯, 오스본 씨가 시사한 바대로, 책 제목이라는 문제에 관해서는 주로 미국 출판사들이 최종 발언권을—항상 최고의 발언은 아니더라도—갖는 모양이다.

41장
경계를 넘어

한 작가가 세계적으로 유명한 캐릭터를 창조했을 때, 우리는
보통 그 캐릭터가 순수하게 작가의 상상력에서 우러난 가공의
존재라고 생각한다. 하지만 그런 경우는 극히 드물다. 심리적으
로 봤을 때 허구의 주인공이, 특히 긴 시리즈물에 꾸준히 등장하
는 주인공일 경우, 완벽하게 작가의 머릿속에서만 나온—오염
되지 않았다고도 할 수 있겠다—산물일 가능성은 거의 없다. 늦
든 빠르든 작가 자신이 캐릭터 안으로 스며들기 마련이다.

이러한 융합은 주로 이상화라는 형태로, 다시 말해 작가가 되
고 싶어 하는 존재를 대변하는 꿈의 인물로 나타난다. 픽션 속의
유명한 캐릭터들이 결점이나 약점을 지니지 않는다는 이야기는
아니다. 영리한 작가는 일부러 기벽이나 기행, 그리고 너무나도

인간적인 결함을 첨가하여 사실주의가 지닌 가치를 활용하기 마련이다. 하지만 본질적으로 책 속의 주인공은 창조자 자신이며, 보통은 장밋빛 유리를 통해 바라본 자신이다.

작가가 자신이 창조한 아이에게 얼마나 예민한지, 창조자와 피조물이 얼마나 쉽게 불가분의 관계가 되는지를 증명하기 위해, 유사−퀸에 관한 두 가지 사례를 이야기하고 싶다. 라디오나 텔레비전에서 엘러리를 연기했던 배우들에 얽힌 역사를 살펴보자. 이 경우에는 캐릭터의 창조자가 아니라 해석자에 관한 이야기가 될 테지만, 그래도 거기서 나타나는 자기동일시는 같다.

어느 달의 첫 번째 날, 우리는 여러 백화점과 남성 의류점으로부터 엘러리 퀸 명의로 구매한 수많은 슈트, 셔츠, 신발, 기타 잡화에 대한 대금 청구서를 받아들고 깜짝 놀랐다. 흥미롭게도 우리는 그중 어떤 품목도 구매한 적이 없었다. 당연히 해당 판매처를 상대로 확인에 나섰는데, 알고 보니 자신을 엘러리 퀸이라고 칭하는 한 사내가 외상 장부에 이름을 올리고는 손수 모든 품목을 골라 갔다는 것이다. 계속해서 조사해 보았더니 당시 라디오에서 엘러리 퀸 역을 연기하고 있었던 사내가 스스로를 엘러리 퀸이라고 철썩같이 믿어 버리는 바람에 엘러리를 연기하는 것과 엘러리가 되는 것 사이의 경계를 넘어 버렸다는 사실이 밝혀졌다. 이 배우에게 사기를 쳐 돈을 빼앗을 의도는 전혀 없었다는 점은 밝혀 둬야겠다. 그는 청구된 금액을 모두 자기 돈으로 지불했다. 그럼에도 우리는 그에게 그의 진짜 정체성을 일러 주면서 우리 캐릭터의 정당한 저작권을 침해하는 이중인격을 취해서는 안 된다고 경고하는 가슴 아픈 책무를 수행해야만 했다. 그래도 그가 주문한 셔츠에 혹시 이니셜이 새겨져 있을지, 그 이니셜이 EQ는 아닐지 종종 궁금하긴 하다.

또 다른 배우는 완전히 다른 방식으로 우리가 창조한 아이와 자신을 동일시했다. 이 배우는 뉴욕 카네기 홀에서 많은 아이들을 상대로 강연을 해 달라는 청탁을 받았다. 이에 응한 배우는 놀라운 준비 끝에 자신의 이름이 아니라 엘러리 퀸이라는 이름으로 관객들 앞에 나섰다. 이 기이한 사건에 관계된 그 누구도—배우도, 라디오-텔레비전 방송의 제작자도, 카네기 홀의 어떤 관계자도—진짜 엘러리 퀸의 승낙을 받아야 한다는 생각은 떠올리지 못했으며, 행사 당일 카네기 홀 벽에 걸린 현수막은 엘러리 퀸이 몸소 대중과 만난다고 홍보했다.

배우가 작품을 낭독하자 아이들은 빠져들었고, 그런 다음 그는, 범죄는 돈이 되지 않는다는 주제로 강연도 진행했다. 나중에 배우는 자신이 범죄를—명의도용죄를—저질렀다는 사실을 통고받고 경악하며 억울해했다. 아무런 해도 입히지 않았잖은가. 사실, 그의 견해에 따르면, 그는 진짜 엘러리 퀸에게 도움을 준 셈이었다! 자신이 상당한 홍보 수단이 되어 주지 않았는가? 사진도 찍히지 않았던가? 어떻게 진짜 엘러리 퀸이 기분 나빠할 수 있단 말인가? 오히려 고마워해야 할 일이 아닌가! 우리가 그의 생각 가운데 한 가지 작은 오류를—홍보와 사진의 주인공이 엉뚱한 사람이었다는 사소한 문제를—지적해 주자 배우는 깜짝 놀라 정신을 차렸고, 그의 마음속에 있던 이중의 이미지 중 절반도 갑자기 사라져 버렸다.

이 두 가지 예시는 상상에서 사실로의 변신이 얼마나 미묘하고 분간하기 어려운 것인지를 간접적으로나마 증명해 준다. 어떻게 보자면 유서 깊은 피그말리온 주제를 그저 현실로 옮겨놓았을 뿐이라고도 할 수 있겠다. 우리는 작가가 자신의 캐릭터와 사랑에 빠진 사례를 여러 차례 목격했다. 예를 들어, 브렛 할리데이는 우리가 보는 앞에서 자신의 캐릭터 마이크 셰인처럼 행동하고 말한 적도 있다. 맹세할 수 있다.

한편, 우리는 어느 사회교육 수업에 신청하러 갔다가 다른 사람도 아닌 등록과장에게 직접 입장을 거부당한 적도 있다. 이유가 뭐였느냐고? 그는 우리가 엘러리 퀸이라는 사실을 믿어 주지 않았다!

42장
포의 허가[1]

우리는 오래전부터 시의 재료와 미스터리 소설의 재료 사이에
는 깊고 자연스러운 연관성이 분명히 존재한다고 생각해 왔다.
여러 시대에 걸쳐 시인들은 미스터리의 생리에—악의 냄새에,
폭력의 소리에, 잔인한 광경에, 비극의 손길에, 살인의 맛에—,
그리고 "마음의 고통과 육체가 물려받은 수천 가지 자연스러운
충격"[2]을 감지하고 진단하는 여섯 번째 감각에 유독 민감하게
반응해 왔다.

---

1 원문은 'Poe-tic Licence'로, '시적인'이라는 뜻을 지닌 'poetic'에서 에드거 앨런 포
  (Poe)의 이름을 분리하여 만든 말장난이다.
2 윌리엄 셰익스피어의 희곡 『햄릿』 3막 1장에서 인용.

따라서 미국의 많은 저명한 시인들이 미스터리, 범죄, 탐정 소설을 써 왔다는 사실도 그렇게 놀랍지는 않다. 명단은 찬란하다. 에드나 세인트 빈센트 밀레이, 스티븐 빈센트 베넷, 마크 반 도렌, 크리스토퍼 몰리, 조이스 킬머―현대 작가 중 일부만 꼽아보더라도 이 정도다. 그런가 하면 이 명단에는 또한 헨리 워즈워스 롱펠로와, 그렇다, 월트 위트먼도 있다. 위트먼은 습작기에 범죄 이야기를 시도한 적이 있는데, 시인이 된 그는 이를 '어린 시절의 조각들'이라고 불렀다.

초서까지 거슬러 올라가는 영국 시인들도 범죄와 수사에 담긴 극적이고 멜로드라마적인 가능성을 놓치지 않았다. 오히려 그들의 명단이 더 길고 더 찬란하다. 토머스 하디, 러디어드 키플링, 로버트 루이스 스티븐슨, 오스카 와일드, 월터 드 라 메어, G. K. 체스터튼, A. A. 밀른, 로드 던세이니, 딜런 토머스. 순수 예술로서의 살인을 탐구한 무수한 영국 시인 중 몇 사람만 꼽아 봐도 이 정도다.

특히 로드 던세이니는 탐정물의 열성적인 실천자다. 그가 창조한 가장 중요한 탐정인 린리 씨는 위대하고 고전적인 전통 아래 놓인 캐릭터다. 로드 던세이니의 탐정소설들은 마술 그 자체로, 동화와도 같은 매력과 섬세한 아우라를 갖추고 있다. 로드 던세이니가 아일랜드의 햇볕이 들어오는 자신의 서재에 앉아 단어로 기적을 낳는 모습이 눈앞에 선하다…….

통상 시인들은 수사와 범죄 이야기 속에 각자가 지닌 고유하고 개성적인 재능을 최대한 불어넣는다. 에드나 세인트 빈센트 밀레이는 범죄 심리를 탐구한 자신의 유일한 작품인 『피싱 캣의 살인』을 통해 소네트에서와 마찬가지로 명쾌한 정확성과 섬세한, 거의 섬약하다고까지 할 수 있는 시각적 심상을 드러낸다. 월트 위트먼이 쓴 살인에 관한 이야기 『어느 사악한 충동!』(처음에는 『복수와 보복: 어느 달아난 살인자의 이야기』라는 제목이 달려 있었다)은 오늘날의 기준으로는 낡아 보일지도 모르겠지만, '선한 반백의 시인'[3] 특유의 압도적인 인간미와 연민은 조금도 묽어지지 않았다. 마크 반 도렌의 탐정소설은 현대의 심리학적 경향을 따르고 있지만, 그가 쓴 전원시와 마찬가지로 '깨끗하고 선명'하다.

그렇다. 뒤져보면 가장 그럴 법하지 않은 작가들이 쓴 범죄와 수사 이야기를 발견하게 될 것이다. 양치식물만 보다가 숲은 보지 못하는 것처럼, 미국의 가장 위대한 문학적 천재 가운데 한 사람인 에드거 앨런 포가 불멸의 시 「애너벨 리」와 「헬렌에게」와 「울라룸」으로 유명한 만큼 현대적 탐정소설을 창시한 것으로도 유명하며, 포의 탐정소설이 그의 가장 빼어난 시와 마찬가지로

---

3 월트 위트먼의 친구이자 시인이었던 W. D. 오코너가 쓴 위트먼 전기의 제목 『선한 반백의 시인』에서 따온 표현.

이 땅에서 사라지지 않으리라는 사실을 너무나 쉽게 잊어버리지는 않는지.

또한 오늘날 작가들이 이른바 포의 허가 아래에 탐정소설을 쓰고 있다는 사실 또한 너무나 잊어버리기 쉽다…….

덧붙임: '가장 그럴 법하지 않은 작가들'이라고 했던가? 그렇다, 찾아보면 고금을 막론하고 문학사상 가장 유명한 작가들이 쓴 범죄 및 수사 이야기를 발견하게 될 것이다. 찰스 디킨스, 마크 트웨인, 기 드 모파상, W. 서머싯 몸, 윌리엄 포크너, 펄 S. 벅, 존 스타인벡, 올더스 헉슬리, 어니스트 헤밍웨이—그리고 그 외에도 무수히 많으며, 다들 유명한 작가로—볼테르, 오노레 드 발자크, 알렉상드르 뒤마, 너새니얼 호손, 안톤 체호프, 잭 런던, H. G. 웰스, O. 헨리, 아놀드 베넷, 윌라 캐더, F. 스콧 피츠제럴드, 링 라드너, 제임스 힐튼, 싱클레이 루이스…….

그리고 그중 누구도—단 한 사람도—'승리를 위해 비굴해지지' 않았다.

43장
위대함의 자질

　작가란 결국 그가 창조한 캐릭터를 통해 알려지는 법이며, 캐릭터가 더 유명해질수록 작가도 더 성공하게 된다. 그 자체로 일가를 이룬, 영원히 타오르는 불꽃으로 자리 잡은 일련의 주인공들을 떠올려 보자. 로빈슨 크루소, 달타냥, 데이비드 코퍼필드, 톰 소여, 닉 카터, 데이비드 하룸,[1] 셜록 홈즈, 오즈의 마법사, 소공자, 위그스 부인,[2] 폴리애나,[3] 타잔, 펜로드.[4] 모두 살아 있

---

1 미국의 은행가 에드워드 노이스 웨스트콧이 쓴 소설 제목이자 그 주인공.
2 미국의 소설가 앨리스 히건 라이스가 쓴 『양배추 밭의 위그스 부인』에 등장하는 주인공.
3 미국의 소설가 엘리노어 H. 포터가 쓴 소설 제목이자 그 주인공.
4 미국의 소설가이자 극작가 부스 타킹턴이 쓴 촌극집의 제목이자 그 주인공.

는 캐릭터들이며, 미키 마우스만큼이나 유명하다. 그리고 그들은 그 창조자의 이름이 기억에서 사라지고 한참이 지난 후에도 여전히 범세계적인 인기를 누리며 친근감을 유지할 것이다. 대니얼 드포의 이름보다야 로빈슨 크루소의 이름을 기억하는 사람이 당연히 더 많지 않겠는가. 그리고—빨리 대답해 보라!—『소공자』를 쓴 사람은 누구였지? 『양배추 밭의 위그스 부인』을 쓴 사람은? 『데이비드 하룸』은? 『폴리애나』는? 그런가 하면 설령 전문가라고 한들 닉 카터의 창시자가 누구인지 확답하기는 어려울 것이다…….

우리는 위 문단을 1950년에 썼다. 틀림없이 그보다 오 년 전에 썼던 다른 문단은 잊어버렸던 모양이다. 그 전에 썼던 문단은 다음과 같다.

위대한 이야기를 판별하는 궁극의 테스트는 간단하다. 그 이야기가 기억 속에 얼마나 오래 남는가? 어디서 처음 읽었는지, 제목과 작가 이름이 무엇인지, 심지어 중심인물의 이름이 무엇인지는 잊어버릴 수 있다. 어떻게 보면 그런 것들은 피상적인 디테일이니까. 하지만 수년이 지난 후에도 처음 맛보았던 충격이 여전히 생생하게 떠오른다면, 이야기의 의미가, 그 요점이, 혹은 그 미묘한 함의가 여전히 마음속에 박혀 있다면, 그렇다면 분명 그 이야기는 위대함의 자질을 갖추고 있다……

　비평가이자 편집자로서 우리의 생각이 불과 오 년 사이에 바
뀌었던 것일까? 솔직히, 우리도 잘 모르겠다. 세상은 모순으로
가득하고, 사람들도 그러하다. 그러니 사람들이 만들어 낸 것을
지배하는 규칙 또한 그러하지 않겠는가?
　어쩌면 진정한 위대함의 자질이란 한 사람의 마음을 변화하게
하는 능력인 것인지도 모른다. 그 변화가 더 나은 변화이기만 하
다면야……

44장
옛 탐정들의 나날을 생각하며

오로지 독자로서의 태도만을 두고 하는 이야기인데, 우리 중 일부가 현대 탐정소설을 당연한 존재로 여긴다는 게 가당키나 한 일일까? 혹은 심지어—이것이 훨씬 더 큰 죄인데—너무 많은 것을 기대한다거나?

'좋았던 옛 시절'로 돌아가 옛적 탐정소설을 한 편 읽어 보면 좀 도움이 될 듯하다. 안정과 치유를 위해서, 그래, 저 위대한 닉 카터가 등장하는 단편 소설을 권해 보면 어떨까. 최근의 라디오 방송, 영화, 잡지를 통해 간결하고 맵시 있게 변한 '새로운' 닉 카터를 말하는 게 아니다. 1890년대에 잡지와 단행본으로 등장했던, 철저하게 펄프에 물든 원조 진짜배기 니콜라스 카터, 한마디로 빈티지 닉을 읽어 보자는 이야기다.

비할 자 없는 닉에 관한 몇 가지 역사적이고 서지학적인 사실들을 되짚어보는 게 좋겠다. 담당 출판사의 선언에 따르면, 닉 카터는 그 전성기에 "그 어떤 사람보다도 탐정소설 집필에 관해 더 많이 아는" 인물이었다. (애초에 '닉 카터'는 일군의 작가들이 공동으로 사용한 이름으로 잘 알려져 있으니 딱히 놀랄 일은 아니다.) 최초의 출판사는 또한 닉 카터의 모험이 "사상 최고의 탐정 이야기에 속한다"고 주장했으며, 닉 카터라는 이름이 "가장 검소한 지갑으로도 접근할 수 있는 가격에 제공하는 훌륭하고 깔끔하며 빠르게 전개되는 탐정소설을 대변한다"고 주장했다. 이 말은 사실이다. 우리가 지금껏 확인한 바에 따르면 닉 카터 소설의 가격은 이십오 센트를 넘어간 적이 없으며, 1920년까지 미국 내 판매부수는 최소 삼천만 부에 달했다.

뉴욕 브루클린의 찰스 브래긴은 다임 노벨 세계의 제일가는 권위자이자 수집가인데, 그에 따르면 닉은 1889년에 데뷔했다고 한다. 『늙은 탐정의 제자 혹은 법과 질서의 편에서』라는 제목의 연재물을 통해서였다. 이 첫 번째 닉 이야기는 스트리트 앤드 스미스 출판사의 《뉴욕 위클리》에 게재됐다. 이십오 센트짜리 페이퍼백 단행본으로는 1894년에 처음 출간되었다. 진짜 작가가 누구냐고? 그건 브래긴 씨조차 확신하지 못한다. 훗날 닉 카터가 선풍적인 인기를 끌며 베스트셀러가 되자 많은 사람들이 작가임을 자처했기 때문이다. 하지만 조사에 따르면 존 코리엘 혹은 유진 소여가 '범인'으로 유력하다.

십 년도 지나지 않아 1897년에는 282권의 닉 카터 소설이 출간됐다. 1897년에서 1912년 사이에는 819권 이상이라는 말문이 막히는 숫자가 출간됐다. 그리고 1912년과 1915년 사이에 다시 160권의 닉 카터 소설이 나와 무수한 독자들과 만났다. 그렇게 1915년까지 작가들이 쓰고, 출판사들이 출간하고, 넋을 잃은 독자들이 말 그대로 먹어 치운 닉 카터 소설의 수는 놀랍게도 총 1261권에 달했다!

자, 이 1261권의 서로 다른 책 중에서 단편집은 얼마나 될까? 정답을 거의 믿을 수 없을 지경이다. 1261권 중 멋쟁이 닉에 관한 단편으로만 이루어진 책은 단 한 권뿐이었다. 단 한 권! 나머지 1260권은 장편이나 중편 모음이었고, 통상 요구되는 쪽수를 맞추기 위해 이따금 단편 하나를 끼워 넣기도 했다. 유일한 단편집의 제목은 흥미롭게도 『탐정의 어여쁜 이웃 외』였다. 이 단편집은 1894년에 어느 잡지의 연재물로 등장했으며, 처음 단행본으로 출간된 것은 1899년이었다. 우리가 여러분께 옛정을 생각하며 읽어 보십사 제안하는 작품은 바로 이 책에 수록된 열한 편의 단편 중 하나다.

……텔레비전을 끄고, 가장 편한 의자에 몸을 파묻고, 반세기도 전으로 돌아가서, 「머리 한 가닥」이라는 작품에 빠져들어 보자. 애나 윈스턴의 비밀에 관한 머리카락이 곤두서는 이야기를

들려주는 작품이다. 그 유효성이 증명된 (그러니까, 지금에 와서는 말이다) 탐정물 고유의 장치들이 이 옛 이야기 안에 즐비하게 늘어서 있다는 사실을 깨닫게 될 것이다. 저 위대한 탐정이 겪은 이 모험담에서 여러분은

(1) 닉의 곁에서 그가 범행 현장을 샅샅이 조사하는 모습을 보게 된다.

(2) 의혹의 손가락이 여자 주인공을 정통으로 지목하는 한편,

(3) 남자 주인공은 피도 눈물도 없는 누명을 쓰게 된다.

(4) 여러분은 보답받지 못하는 사랑의 슬픔에 시달리고,

(5) 개인의 커다란 위험을 무릅쓴 고귀한 희생을 목격하며,

(6) 주요 용의자의 무분별한 도주에 몸서리치고,

(7) 인간 사냥개—그런 것이 존재한 적이 있다면—닉을 따라 용의자를 추적하여,

(8) 저 유명한 탐정이 재빨리 변장을 갖추어 '놀랍게도 다른 인물의 모습을 체화'하는 광경—드넓은 세상에서 닉을 따를 자가 없다는 유용한 재주—을 목격하게 될 것이다.

(9) 그뿐만이 아니다. 아니고말고! ……여러분은 특히 1890년 무렵의 계급 체계를 고려할 때 놀랍기 그지없는 사회학적 함의—심지어 당시에도 '문학적' 고개를 치켜세우던 '심각한' 주제—와 마주치게 되고,

(10) 심리학적 고문의 사용과 그 뒤에 따르는 폭력적 클라이

맥스에 전율할 것이며,

(11) 모든 다임 노벨과 대다수 탐정소설의 심원한 도덕률을 따라 선이 악을 이기고 진정한 사랑이 승리를 거두는 모습에 박수갈채를 보낼 것이고,

(12) 마지막으로, 하지만 그 중요성에서는 다른 항목에 전혀 뒤지지 않는 요소로서 뜻밖의 해결책에 헉 하고 숨을 들이켜게 될 것이다.

―그렇다. 믿거나 말거나, 이 모든 것과 그 밖의 것들이 고작 육천 단어 안에 담겨 있다!

오, 노스탤지어여!

오, 친애하는 오랜 옛날이여!

오, 좋았던 옛 탐정들의 나날이여!

여러분에게 시간과 노력을 들여 이 닉 카터 단편을 읽을 의향이 있다면, 장담컨대 다시는 절대로 현대 탐정소설을 당연한 존재로 여긴다든가, 더 나아가 너무 많은 것을 기대하는 우를 범하지는 않게 될 것이다. 단언컨대 오늘날 나오고 있는 탐정소설들이 사상 최고의 작품들이기 때문이다. 친애하는 독자들이여, 지금이 '좋은 새 시절'이다.

주석: 우리의 제안에 시간과 수고를 들일 의향이 있다고? 그렇다면 이렇게 해 보면 어떨까……. 닉 카터 단편집은 이제는 이후에 나온 복각판으로도 구하기가 쉽지 않다. 하지만 「머리 한 가닥: 혹은 애나 월턴의 비밀」은 상대적으로 최근에 출간된 《엘러리 퀸 미스터리 매거진》에서 찾아볼 수 있다. 1955년 4월호의 눈부신 모습을 확인하시길. 아, 「머리 한 가닥」의 모습이 눈부시다는 이야기다…….

45장
탐정은 의사다

마지막으로 Q. 패트릭들을 만났던 자리—미국 미스터리 작가 협회 뉴욕 지부의 월례 모임이었다—에서, 그들은 「알프스 살인」이라는 제목으로 발표한 단편에 얽힌 흥미로운 일화를 들려주었다.

처음 집필 당시 그 단편의 배경은 어느 배 위였으며, 알프스와는 수천 킬로미터 동떨어져 있었다. 작품을 완성하고, 《디스 위크》지에 투고하고, 채택되어 돈도 받았는데, 그런 다음에야 《디스 위크》의 한 편집부원이 Q. 패트릭들이 다룬 선상 살인 사건과 실제로 일어난 어떤 사건 사이에 유사성이 있다는 사실을 발견했다. 반향을 우려한 끝에—아마도 해당 사건의 관계자가 아직 살아 있었던 모양이다—작품의 배경을 바꾸자는 결정이

내려졌다.

그리하여 Q. 패트릭들은 기본적으로 동일한 소재를 가지고 바다 위에 뜬 배를 알프스 산맥의 호텔로 바꾸었다. 상당한 속임수지만, 탐정소설 작가들은 우리 시대의 가장 놀라운 마술사들이니…… 소매 속에는 아무것도 없습니다, 신사숙녀 여러분. (타자기 위의) 손은 (인쇄된 책장 위의) 눈보다 빠른 법……. 그리고 솔직히 현창과 창문에 무슨 차이가 있겠는가? 탐정소설 속의 단서들이 그렇듯, 차이는 아주 작다. 그저 하나는 물 위에, 다른 하나는 뭍에 있다는 것뿐이다. 그리고 배라는 것도 결국 떠다니는 호텔에 불과하지 않겠는가?

살인은 어느 특정 장소에 국한된 현상이 아니다. 땅 위든 바다 위든 하늘이든 지하든 살인의 서식지가 될 수 있다. 살인에는 국적이 없다. 특정 종족이나 교리에 속하지도 않는다. 살인은 전 세계에 퍼지는 질병이며, 인류를 죽음으로 몰아넣는 다른 위협들과 마찬가지로 다루어야 한다. 범죄학자는 연구원이며, 탐정은 의사다. 그리고 그들의 노력을 통해 살인은 밝혀질 뿐만 아니라, 현실이 픽션의 예시를 따른다면, 추방될 것이다. 모든 방식의 살인이, 전쟁이라는 이름으로 알려진 대량 살인까지도 포함해서…….

46장
삼가 저자가 드립니다

I. 완전 책 수집가의 진화

'완전' 책 수집가로 진화하기까지 거치게 되는 네 가지 발전 단계—애서가, 감정가, 수집광, 장서광—에 관한 이야기를 기억하실 것이다. 마지막 단계(아마도 세속의 고통 가운데 가장 행복한 고통)에 이른 충실한 수집가는 티 하나 없는 초판본을 찾아 헤맬 뿐만 아니라 초판본 중에서도 **보기 드문 물건**을 찾아 헤맨다. 바로 작가가 서명한 초판본을.

서명이 담긴 책은 다시 네 부류로 나뉜다. 첫 번째이자 가장 단순한 부류는 저자가 서명만 한 책이다. 퀸의 장서에서 찾은 예로는 글렌 트레버의 『학교 살인』(1931)이 있다. 저자는 아무런 헌사도 남기지 않았다. 면지 위에 그저 이름만 적었다. 하지만 이 서명의 특별한 점이라면 저자가 '글렌 트레버'라는 가명을 사용하는 대신 본명을 적었다는 것이다. 그 저자의 본명은 물론 제임스 힐턴[1]이다.

저자 서명본 바로 위의 단계는 저자가 메시지를 적고 서명하기는 했지만 누구를 위한 메시지인지는 명시되지 않은 책이다. 이런 헌사들은 통상 그 어조가 무미건조하며, 책을 손에 넣은 어느 수집가에게든 동등하게 와 닿는다. 다시금 예를 들어 설명하자면, 우리에게 있는 아서 B. 리브의 『꿈의 의사』(1914) 초판본에는 다음과 같은 헌사가 적혀 있다. **'크레이그 케네디[2]가 건네는 충고: 프로이트를 공부한 이에게 꿈에 관해 말할 때는 조심하시길. 아서 B. 리브.** 누구에게 건네는 충고일까? 알 수 없다. 처음 이 충고를 들은 이는 영원히 익명으로 남을 것이다. 그러나 사십 년 남짓 되는 세월이 흐르는 사이, 이 글귀는 새로운 의미를 지니게 되었다. 아서 B. 리브는 오늘날 유행하는 소위 '서스펜스 소설'의 흐름 한참 전에 위의 경고문을 남겼다. '서스펜스 소설'에서는 수준을 막론하고 모든 작가가 병적인 심리에 깊게—위험하게

---

1 『잃어버린 지평선』과 『굿바이 미스터 칩스』 등으로 유명한 영국의 소설가로, 주로 제임스 힐턴이라는 본명으로 활동했다.
2 아서 B. 리브가 창조한 탐정의 이름.

—빠져든다. 오늘날 리브 씨의 글귀는 모든 작가들에게 건네는 일반적인 경고로 해석할 수 있을 것이다. 조심하지 않으면 독자가 거꾸로 작가의 정신을 분석하리니!

어조는 좀 더 사적이지만 수령인의 정체를 밝히는 데에는 실패한 글귀의 예로 프랜시스 노이에스 하트가 『벨라미 재판』의 영국판 초판본에 연필로 쓴 글귀가 있다. **즐거웠던 날에 대한 보답으로 초라한 밥벌이를 드립니다—프랜시스 노이에스 하트.** 아마도 영국에서였던 모양인데, 그 즐거웠던 날을 작가와 함께 보낸 이는 누구였을까? 그리고 무엇이 그날을 그토록 기억에 남도록 했을까? 영원히 알 수 없으리라. 미스터리 소설에 적힌 저자의 글귀가 때로는 책의 플롯보다 더 수수께끼다.

II. 놀라운 일을 행하나니

지금까지 우리가 살펴본 헌사들의 단계를 간단한 식물학적 성장과 견주어 볼 수 있겠다. 별다른 수식이 없는 서명은 씨앗에 해당한다. 서명과 헌사가 있으나 수령인의 이름이 없는 경우는 봉오리다. 당연히 세 번째 단계는 만개한 꽃이어야 할 것이다. 저자가 특정 개인에게 남기는 헌사가 실린 증정본이다.

증정본은 일반적인 것(독자, 추종자, 수집가들에게 주는 것)에서 개인적인 것(동료, 친구, 작가의 가족 구성원에게 주는 것)

에 이르기까지 다양하다. 이하의 증정용 헌사들은 저자와 수령인의 관계에 따라 저자가 낯선 이에게 보낸 의례적인 인사에서부터 애착을 느끼는 가까운 상대에게 보내는 은밀한 메시지까지를 차례로 열거한 것이다.

루이스 L. 캔토에게. 존 러셀이. 『붉은 표식』(1919)에 서명.

P. M. 스톤에게 감사를 담아 토머스 버크가. 『어두운 밤』(1944)에 서명.

L. T. 미드가 실라스 혹 님께. L. T. 미드와 로버트 유스터스가 공저한 『세븐 킹스의 형제단』(1899)에 서명. 수령인의 이름이 지닌 분위기가 책과 절묘하게 맞아떨어지지 않는지!

폴 웹스터에게 리암 오플래허티가. 『밀고자』(1925)에 서명.

J. B. 맥기 님께. 이 책에는 제가 처음으로 쓴 소설인 「트림 씨의 탈출」과 제가 쓴 최고의 소설인 「종을 단 대머리독수리」가 수록되어 있습니다. 충심을 담아, 어빈 S. 콥. 『트림 씨의 탈출』(1913)에 서명.

어린 에바에게, 행운을 빌며. H. J. 오히긴스. 『탐정 바니의 모험』(1915)에 서명.

이상의 여섯 헌사는 독자와 추종자를 위한 것임이 분명해 보인다. 마지막 두 개는 친구에게 적어 준 것일 가능성도 있긴 하지만. 수령인이 책 수집가임을 알려주는 글귀는 흔치 않으나, 『정위』(1899)의 초판에 실린 글귀는 이렇다. 이것은 저의 첫 단편집 중에서도 희귀한 초판입니다. 책의 높이가 이후에 나온 판본들보다 반 인치 더 높지요. 프레드에게 행복을 빌며 W. 서머싯 몸 1898년 씀.

이 정확한 서지학적 정보―저자 서명에서는 보기 드물다―는 수령인이 책 수집가이거나 서지학자임을 가리킨다. 다른 한편, 수령인의 이름만을 썼다는 사실과 서명 날짜가 책의 출간일보다 앞선다는 사실(출간 전에 나온 저자 증정본일 가능성을 시사한다)은 '프레드'가 애서가인 한편 친구이기도 함을 보여 주는 듯하다. (이 책의 글귀가 가리키는 '프레드'란 1931년 출간된 『윌리엄 서머싯 몸의 저술 목록』을 쓴 프레더릭 T. 베이슨일 가능성이 높다.)

독자, 추종자, 수집가는 또한 친구, 동료, 친지일 수도 있음을 기억해 두자. 둘은 겹칠 수밖에 없다. 하지만 다음에 나올 헌사들은 한 작가가 다른 작가에게 전해 주고자 쓴 것들이다.

언제나 내 마음을 사로잡는 글을 쓰는 아치메드 압둘라 대장님께. 행복하시길 바라 마지않으며. 충심을 담아 얼 스탠리 가드너. 『기묘한 신부 사건』(1934)에 서명.

'퀸들'에게. 그들이 앞으로도 끊임없이 되풀이되는 범죄의 위협으로부터 우리를 구해 주기를 바라며. 데일리 킹. 『기묘한 태런트 씨』(1935)에 서명. 여담이지만 우리가 본 이 책의 초판은 이것이 유일하다.

질레트 버제스에게 작가가 감사를 담아. 잭 푸트렐. 『사고 기계』

(1907)에 서명.

전에도 말한 바 있듯 P. 모란이 태어나는 데에 손길을 보태었으며, 따라서 그의 실수에도 어느 정도 책임이 있는 프레드 다네이에게. 퍼시벌 와일드. 『탐정 피트 모란』(1947)에 서명.

어떤 헌사들은 작가와 수령인의 관계를 명확하게 분류하지 못하도록 한다. 여러분이라면 다음과 같은 익살스런 유머는 어떻게 받아들이실지.

더 예쁜 쪽 엘러리 퀸에게. 벤 헥트.

벤 헥트는 자신의 책 『배우의 피』(1936) 초판본 두 권에 정확히 같은 글귀를 적어 퀸 형제 두 사람 **각자에게** 한 권씩 건네주었다!

또 다른 이유에서 분류하기 어려운 예로 F. 테니슨 제시가 자신의 『솔란지 이야기』(1931) 초판에 연필로 남긴 다음과 같은 헌사도 있다. 프레더릭 다네이에게 프린 테니슨 제시가 행운을 빌며. **1947년 새해에. (1946년보다는 덜 유혈낭자하기를)** 이 글귀는 시작은 평범하지만 추신의 행간에서는 슬픔, 희생, 그리고 더 나은 내일을 바라는 영원한 희망을 읽어낼 수 있다.

우정과 혈연 중간쯤에 위치한 사례로는 프레더릭 트레버 힐이 『사건과 예외』(1900)의 면지에 쓴 이런 헌사가 있다. 나의 옛 피보호자이자 고객인 어빙 양과 나의 친구 이사벨에게 새해에는 행복이 가득하기를 바라는 마음을 담아 이 작은 책을 드립니다. 프레더릭 트레버 힐.

퀸의 장서 중에서 가장 친밀감이 느껴지는 증정본으로는 도로시 L. 세이어즈의 『시체는 누구?』(1923) 초판이 있다. 헌사는 간단하다. 어머니와 아버지께 작가의 사랑을 담아.

피터 윔지 경 시리즈 첫 책에 저 글귀를 써 넣던 작가의 심정을 상상해 보시길! 책을 받아든 부모가 느꼈을 황홀감을 상상해 보시길! 그런 가족의 보물을 우리가 소장하고 있다는 사실이 아직도 경이롭기만 하다. 이 책은 빅토리아 시대 문학에 관한 탁월한 권위자인 마이클 새들리어의 장서를 거쳐 간접적으로 우리에게 도달했지만, 이 책이 어떻게, 어떤 상황에서 새들리어 씨의 소유가 되었는지는 알지 못한다. 정말이지 짐작도 못 하겠다.

마찬가지로 어머니에게 전하는 헌사가 담긴 레슬리 채터리스의 초판본 몇 권이 우리의 손에 들어오게 된 경위 또한 짐작하기 어렵다. 세인트 시리즈 첫 번째 작품인 『호랑이를 만나다』(1928)에 적힌 글귀는 간단하다. 어머니에게 사랑을 담아. 레슬리 채터리스. 1928년 9월 9일. 하지만 이후에 발표한 『더 영리한 도적』(1933)에는 보다 도발적이고 영문 모를 글귀가 적혀 있다. 어머니—인기 없는 집주인을 위해. 레슬리 채터리스. 이 책에 수록된 단편 중 하나의 제목이 「인기 없는 집주인」이기는 하다. 하지만 그렇다고 이 글귀의 의미를 설명해 주지는 못한다. 채터리스 씨는 이 책을 어머니의 집주인에게 전하려고 했던 걸까? 만약 그렇다면 글귀에 '어머니'는 왜 넣었을까? 아니면 이렇게 서명한 책이 —아니, 추측하지 말기로 하자. 작가란 불가사의한 방식으로 글을 써서 놀라운 일을 행하나니······.[3]

III. 추측의 왕국에는

씨앗, 봉오리, 꽃—작가의 헌사가 여기서 더 활짝 피어날 수 있을까? 그러나, 계속해서 식물의 비유를 사용하자면, 네 번째 단계가 있다. 품평회에서 수상한 꽃, 전시회 출품용 꽃, '꽃 중의 꽃'이라고나 할까.

기억하시겠지만, 맨 첫 단계는 서명만 있는 것이었다. 두 번째는 받는 사람이 명시되지 않은 헌사가 적힌 서명이었다. 세 번째는 증정본이었다. 셋 모두 '삼가 저자가 드립니다'라는 의미를 담고 있었다. 이제 우리는 모든 작가 서명 중에서도 가장 희귀한 단계에 이르렀다. 이 단계는 가장 사적인 증정본보다도 더 희귀

---

3 기독교 문화권에서 사람이 예상하기 어려운 방식으로 사건이 일어나 좋은 결과에 이르는 상황을 가리킬 때 사용하는 "하느님께서는 불가사의한 방식으로 놀라운 일을 행하신다"라는 말을 인용한 것.

하다. 바로 서명 헌정본이다.

이해하시겠지만, 서명본은 스물네 권쯤 있을 수 있다. 헌사가 적힌 서명본은 열두 권쯤. 사적인 증정본은 여섯 권쯤. 하지만 보통 작가가 서명하여 헌정인에게 증정한 책은 전 세계에서 단한 권뿐이다.

물론 자신에게 헌정된 책이 생긴다는 것은 대단한 영광이며, 특히 동료(이자 경쟁자)가 쓴 책이라면 더욱 그러하다. 그간 감사하게도 우리의 이름을 언급하여 기쁨을 안겨 준 작가로는 앤소니 바우처, 안토니오 헬루, 크레이그 라이스, 제임스 야페, 나이젤 몰랜드, 이고르 마슬로프스키, 존 딕슨 카(카터 딕슨) 등이 있다. 이 헌정사들을 하나라도 인용했다가는 책장이 붉어질 노릇일 테지만, 그래도 겸허한 자세로 카터 딕슨의 헌정사 네 종 모두를 여기에 소개하는 바이다.

『청동 램프의 저주』(1945)에서, 카터 딕슨은 다음과 같은 알쏭달쏭한 헌정사를 썼다.

엘러리 퀸에게
친애하는 엘러리
내가 이 책을 자네에게 헌정하는 것은 두 가지 이유에서네. 첫째로, 우리가 밤을 지새워 가며 탐정소설에 관해서, 어떻게 탐정소설을 써야 하는지에 관해서 논의하던 기억을 기리기 위해서야. 그 주제에 관해서라면 지칠 줄 모르고 이야기를 나누었다는 사실을 기쁘게 생각한다네. 둘째로, 이 책에서 제시한 것과 같은 '불가능한' 문제의 형식—미리 말해 두지만 밀실은 아니야—이야말로 아마도 탐정소설계에서 가장 매혹적인 장치이리라는 데에 우리가 의견을 같이하기 때문이야. 여기서는 제임스 필리모어 씨와 그의 우산에 유의하라는 수수께끼 같은 언급을 남겨 두는 정도로만 하지. 경고는 했네.

변함없는 우정을 담아,

카터 딕슨.

미국판 초판의 면지에 카터 딕슨은 다음과 같이 썼다. 한 필명이 다른 필명에게. 우정과 찬탄을 담아. 존 딕슨 카.

이 책이 영국에서 『주술사들의 군주』(1946)라는 제목으로 출간되었을 때, 작가는 다음과 같은 글귀를 적어 우리에게 한 부를 보내왔다. 엘러리 퀸에게. 헌정사로 충분하겠지. 변함없는 우정을 담아, 카터 딕슨.

나중에 이 책이 프랑스어로 『라비 페 르 무안』[4](1947)이라는 제목으로 출간되었을 때, 작가는 다음과 같이 쓴 책을 한 부 보

---

4 프랑스어로 '옷이 사람을 만든다'라는 뜻.

냈다. 투주 비엥 아 부, 르 비외 봉옴므, 서 스탠리 [원문대로 표기함] 메리베일 에 카터 딕슨Toujours bien a vous, Le vieux bonhomme, Sir Stanley [sic] Merrivale et Carter Dickson.[5]

이후 또 다시, 이 책이 독일어로 『데 헥센마이스터』[6](1947)라는 제목으로 출간되었을 때, 우리는 다음과 같은 글귀가 적힌 책을 받았다. 탐정소설계에서 이 책의 제목이 가장 잘 어울리는 사람인 엘러리 퀸에게. 카터 딕슨. 존 딕슨 카.

이렇게 별의별 작가 서명본이 다 있다······.

자, 여러분께서는 미스터리 소설계에 존재하는 것으로 알려진 모든 증정본 및 수택본 중에서 우리가 개인적으로 포의 서명이 든 『모르그 가의 살인』과 『이야기들』, 그리고 윌키 콜린스가 찰스 디킨스에게 전하는 헌사가 담긴 『월장석』을 탐정소설왕국의 왕관 보석으로 친다는 사실을 기억하실 것이다. 하지만 글귀와 인물 관계가 그와 비등한 정도로 대단한 다른 초판본들도 있다. 추측의 왕국에는 말이다. 물론 우리는 상상이 육신을 갖추어 공

---

5 프랑스어로 '항상 그대에게 좋은 일이 있기를 빌며, 늙은이 스탠리 메리베일 경과 카터 딕슨이'라는 뜻. '서 스탠리' 뒤에 '원문대로 표기함'이라는 단서를 붙인 것은 『청동 램프의 저주』에 등장하는 탐정의 이름은 스탠리 메리베일 경이 아니라 헨리 메리베일 경이기 때문이다. 존 딕슨 카의 실수로 보인다.

6 독일어로 '마술사'라는 뜻.

상의 산물에 신원을 부여[7]하도록 할 수는 없다. 그러나 그것의 형태에 이름은 부여할 수 있으니, 이는 이 책들이 한때 존재했으며, 어쩌면 여전히 어느 거미줄 드리운 다락이나 기억 속에서 사라진 트렁크나 가방 안에 존재할 수도 있다는 사실을 누구도 부정하지 않을 것이기 때문이다.

그렇다, 이 보물들은 상상에 불을 당기며, 우리는 이들을 왕권의 상징물로 포함시키는 바이다. 각각이 왕의 몸값, 혹은 여왕의 장서표만 한 가치를 지니고 있나니. 그 모습을 묘사하는 소리는 마법사가 주문을 외는 소리 같구나……

여러분의 서가에 다음과 같은 책이 있다면 어떻겠는가?

—프러시아의 프리드리히 대왕, 혹은 풍파두르 후작부인에게 바치는 헌사가 적힌 볼테르의 『자디그 혹은 운명의 서』(1748) 초판. 볼테르가 그 값진 책의 면지에 어떤 아이러니하거나 풍자적인 글귀를 휘갈겼을까?

—포가 버지니아 클렘에게 전하는 글귀를 적어 증정한 『에드거 A. 포 산문 로맨스』(1843). 또 다시 혈관 파열로 드러누워 회복중인 어린 아내에게 포는 무엇이라고 적어 주었을까? 어떤 희망, 격려, 사랑의 말이 담겨 있었을까?

7 윌리엄 셰익스피어의 희곡 『한여름 밤의 꿈』 5막 1장에서 인용.

—에이브러햄 링컨이 대통령이 되기 전에 소장하고 있다가 아마 백악관으로도 가져갔을 포의 『이야기들』(1845). 윌리엄 딘 하우얼스[8]가 전하는 바에 따르면 링컨은 매년 포의 탐정소설을 다시 읽었다고 하니 말이다. 분명 그 책—아직도 워싱턴의 어느 비밀 아카이브에 있을지도?—의 면지에는 에이브러햄 링컨의 서명이 있지 않겠는가?

—돈 아까운 줄 모르는 A. 코난 도일 박사가 잡지 배포 당일 런던의 한 잡화점이나 기차역에서 일 실링을 주고 구매한 《비튼의 크리스마스 애뉴얼》 1887년 호. 최초의 셜록 홈즈 이야기가 처음 인쇄물의 형태로 수록된 잡지다. 분명 도일 박사는 이 잡지에 서명하여 자신의 사랑하는 '부인'에게 증정했겠지?

—또 다른 초판본으로…….

뭐 어때, 꿈은 꿀 수 있지 않은가?

8 미국의 작가이자 문학평론가이며 에이브러햄 링컨의 공식 전기를 집필했다.

47장
셜록탄 다량 함유[1] 혹은 말장난하기

　(사상 최고까지는 아니더라도) 우리 세대에서 셜록 홈즈에 관한 가장 논쟁적이고, 가장 불경하며, 모든 면에서 가장 충격적인 폭로는 렉스 스타우트의 「왓슨은 여자였다」였다.

　이 H-폭탄[2](물론 H는 홈즈의 H)은 1941년 1월 31일 밤 머레이 힐 호텔의 신성한 구내에서 열린 베이커 가 특공대[3] 회동에서 입을 통해 투척됐다. 투척한 사람은 물론 렉스 스타우트 본인이었다. 그는 그 운명의 모임에 명예 손님으로 초청받았으나,

---

1　원문은 High Sherloctaine. 연료 내의 옥테인 함유량이 높을 때 쓰는 표현인 고옥탄가(high octane)라는 표현에 셜록(Sherlock)을 합친 말장난이다.
2　원래는 수소 폭탄을 가리키는 말.

고개를 쳐들고 턱수염을 흩날리며 떠날 때에는 불명예 손님으로 퇴장했다.

정말이지 흥청망청한 모임의 역사에 남을 불경한 밤이었다. 그 내밀한 집회에 참석했던 사람들 중 그 누가 스타우트의 늑대 같은wolfish 발언을 잊을 수 있으랴? 유쾌하게 '왓슨은 여자였다'고 폭로하는 가운데 묻어나던 그 야만적인 기쁨을? 당시 충격을 받았던 셜록의 아첨꾼들 가운데 네로 울프wolfe의 창조자가 저 끔찍한 말을 발음하는 순간 일종의 문학적 사후강직처럼 찾아들었던 순수한 홈즈적 공포를 잊을 자가 누가 있으랴—왓슨은 여자였다!

셜록탄이 다량 함유된 그 첫 번째 음절을 발음하는 순간부터, 스타우트 씨의 신성모독은 끝없이 활자화되고 다시 활자화될 운명이었다. 그 악랄하고 사악한 말(게다가 스타우트 씨는 말장난을 어찌나 좋아하는지)은 원고가 준비되어 식자공의 손에 들어가자마자 활자화되었다. 1941년 3월 1일자《새터데이 리뷰 오브

---

3 셜록 홈즈의 수사를 돕는 거리의 부랑아 집단에서 힌트를 얻어 미국의 저널리스트이자 소설가 크리스토퍼 몰리가 설립한 셜록 홈즈 팬클럽. 매년 1월 뉴욕 시에서 연례회동을 가지며, 이 자리에서 홈즈 시리즈에 대한 연구 발표가 이루어진다. 연구 발표는 주로 렉스 스타우트의 사례에서처럼 일견 터무니없고 도발적으로 들리는 해석을 코난 도일이 쓴 '정전'의 내용을 토대로 뒷받침하여 '증명'하는 형태로 이루어지곤 한다.

리터리처》를 통해서였다. 그리고 그건 시작에 불과했다. 그 죄 많은 문장들은 계속해서 리 라이트가 편집한 『포켓 미스터리 리더』(1942)에서도 폭발했다. 그리고 에드거 W. 스미스가 편집한 『가스등에 드러난 옆모습』(1944)에서 다시 폭발했는데, 이 책에는 줄리언 울프Wolff 박사의 반박문 「숙녀는 무슨 숙녀」도 나란히 실렸다. 울프를 잡기 위해 울프를 쓰다니, 실로 적절하지 않은가!

「왓슨은 여자였다」는 교활하고 사악한 셜록토퍼스[4]의 작품이었다. 제목만 보더라도 스타우트 씨의 셜록업[5]이 지닌 본성을 확인할 수 있지 않은가? 그의 '가공할 범죄'는 정전을 신봉하고 canonical 코난을 신봉하는conanical 베이커 가 특공대 비밀결사 일원들의 얼굴을 붉히도록 한 폭탄 발언 중에서도 가장 불손하고 느닷없는 것이었다. 그러나 말장난으로 가장 재미를 본 사람은 아마도 크리스토퍼 몰리의 동생 F. V. 몰리였을 것이다. 그는 우리에게 왓슨은 여성스러운 것과는 거리가 멀며, 홈즈의 신실한 대필남[6]임을 상기시켜 주었다.

---

4 여러 개의 긴 다리로 상황을 조종하고 통제한다는 뉘앙스를 지닌 문어(octopus)에 셜록을 합친 말장난.

5 원문은 'Sheloccupation'으로, 직업을 뜻하는 'occupation'과 셜록을 합친 말장난.

6 원문은 'he-manuensis'로, 대필자를 가리키는 'amanuensis'에 건장한 남자를 뜻하는 'he-man'을 합친 말장난.

48장
창작 과정에서 벌어지는 아이디어 경주

이 일은 헬런 맥클로이가 《엘러리 퀸 미스터리 매거진》에 기고한 작품 중 하나를 두고 벌어졌다. 원고를 처음 읽는 내내, 우리는 묘한 친숙함을 느꼈다. 마치 오래전에 읽었던 이야기인 것만 같았다. 이 기분은 원고를 읽어 나갈수록 점점 더 강해졌다. 우리는 자문했다. 어디서 이것과 똑같거나 아주 흡사한 플롯을 접한 적이 있었나? 기억을 샅샅이 뒤져 보았지만, 핵심 아이디어가 같은 작품을 읽은 기억은 떠오르지 않았다. 그러나 헬런 맥클로이가 채택한 주제는 낡았으면서도 새롭게 보였고, 그 신선함과 친숙함이 마음속을 오르내렸다…….

여러분도 비슷한 경험이 있을지 모르겠다. 어떤 도시를 처음 방문하여 낯선 거리를 걸어가는데—전에는 한 번도 본적이 없다는 게 분명한데도—전에 바로 이 장소에 온 적이 있다는 확신에 사로잡히는 경험이…….

그러다, 갑자기, 머릿속에 해답이 번득이며 원고가 손에서 흘러내렸다. 우리는 허리를 굽혀 책상 옆 책장에 꽂힌 낡은 마닐라 봉투를 꺼냈다. 봉투에는 빛바랜 잉크로 **아이디어들**이라고 적혀 있었다. 그 안에는 우리가 장차 쓸 날을 대비하여 틈틈이 적어 두었던 메모와 생각들—플롯 아이디어, 인물의 특성, 대화의 단편이 담겨 있었다.

우리는 봉투에 쑤셔 넣어 둔 잡다한 종잇조각들을 꺼냈다. 편지지 상단 귀퉁이를 찢어낸 것, 계산서 뒷면, 성냥갑 안쪽, 메뉴판 가장자리—'아이디어'가 느닷없이 찾아올 때마다 뭐든 손 닿는 대로 가져다 쓴 것들이었다. 우리는 누덕누덕한 메모들을 훑어보았고—바로 거기에 있었다! 헬런 맥클로이가 원고에서 사용한 것과 꼭 같은 플롯 아이디어를 우리도 예전에 떠올린 적이 있었다! 물론 우리는 플롯의 씨앗을 키워 내지는 못했으며, 그랬더라면 캐릭터, 사건, 제목 등 기본 개념을 제외한 모든 면에서 다른 이야기가 나왔을 것이다. 어쨌든 헬런 맥클로이의 이야기가 익숙하게 느껴지는 것은 놀랄 일이 아니었다. 아이디어를 실천으로 옮기는 데에서는 그녀가 우리를 앞질렀던 것이다!

창작 과정에서 벌어지는 이와 같은 앞지르기는 생각만큼 그렇게 드문 일이 아니다. 수천 명의 작가들이 끊임없이 새로운 아이디어를 찾고 있으니, 가령 영국의 한 작가가 캘리포니아의 다른 작가가 생각한 것과 정확히 똑같은 플롯 장치를 떠올리는 것도 무리는 아니지 않겠는가? 한 유명한 탐정소설 작가는 이것을 다음과 같은 방식으로 설명한 적이 있다. 그는 애거서 크리스티의 새로운 소설을 집어 들 때마다 그녀가 자신의 아이디어를 사용하여 한 방 먹였으면 어쩌나 싶어 죽을 듯이 두렵다고 말했다. 애거서 크리스티의 상상력은 풍부하다. 그리고 냉엄한 현실을 고백컨대, 우리만 해도 두 번이나 크리스티에게 선수를 빼앗겼다. 한 번은 아이디어가 아직 배아기였을 때였고, 다른 한 번은 실제로 그 아이디어를 가지고 플롯을 꾸려 가고 있을 때였다!

이상은 전부 좋은 일이다. 이런 일은 작가가 방심에 빠지지 않도록 할 뿐만 아니라, 아이디어를 질질 끌며 소화하는 대신 어서 사용하도록 재촉해 준다. 탐정소설 업계에는 게으름뱅이와 느림보가 설 자리가 없다. 경쟁이 너무나도 치열하며, 기민하고 기발한 두뇌를 굴리는 사람들이 너무 많다. 이처럼 신선한 아이디어를 찾아 경주하는 와중에서도 한 작가가 다른 작가들에게 따라잡히곤 한다는 것은 이 업계가 지닌 창조적 생명력의 증거라 하겠다…….

49장
탐정소설은 어떻게 태어나는가

저명한 오케스트라 단장이자 마술사인 리처드 힘버는 뉴욕 시에서 살던 당시 직관적인 전화번호를 갖고 있었다. 친구나 지인이 그에게 전화번호를 물으면, 그는 이렇게 대답했다. "그냥 나한테 전화를 걸면 돼." 그러면 그들은 다시 물었다. 그래서 번호가 뭔데? 그러면 힘버 씨는 이렇게 말했다. "그냥 나한테 걸라고. R-H-I-M-B-E-R로 말이야."

힘버 씨가 제안한 그대로 해보면, RH 4-6237이라는 번호가 나올 것이다. 어느 다이얼이나 마찬가지지만, I는 4고, M은 6이고, B는 2고, 뭐 그런 식이다.[1] 그리고 물론, 힘버 씨의 실제 번호는 라인랜더Rhinelander 4-6237이었다.

귀여운 트릭이었다. 이론의 여지가 없다. 워낙 매력적이었던 탓에 대화중에 써먹기에 딱 좋은 화제였다. 바로 기억하기에도 편리하다는 점은 말할 것도 없고 말이다. 그래서 우리도 전화 회사에 요청하여 "그냥 E-L-Q-U-E-E-N이라고 걸어"라고 말할 수 있는 번호를 달라고 해볼까 심각하게 고민한 적도 있다.

하지만 젠장, 우리에게는 먹히지 않는 방법이었다!

알파벳은 스물여섯 개의 글자로 이루어져 있지만, 전화 다이얼에는 스물네 개의 알파벳만 있다. 그럼 전화 회사에서 다이얼 시스템에 사용하지 않는 두 글자가 뭘까? Z와—우리를 완전히 좌절케 한 바로 그 글자—Q다!

······전화 다이얼에 Q가 없는 이유가 궁금하다고? 이유야 뭐가 됐든, Q가 없다는 사실이 플롯 아이디어를 제공해 주었다. 우리는 그 기이한 사실에 주목하게 된 바로 그 순간부터 며칠 동안 그 사실을 토대로 한 이야기를 지어내기 시작했다.

그래서 결국 해냈다······. 작품 제목은 「명예의 문제」다. 그 작품은 1953년 9월 13일자 《디스 위크》에 실렸고, 나중에는 우리의 단편집인 『Q.B.I.-퀸의 수사국』에도 실렸다.

탐정소설이 현실로부터 어떻게 탄생하는가에 관한 또 다른 흥미진진한 사례라 하겠다.

1 전화 다이얼 2에서 9까지는 알파벳이 순서대로 3개씩 할당되어 있다.

50장
탐정들의 트레이드 마크

탐정소설계에서 그림을 이용한 트레이드 마크의 광고 효과와 식별 가치를 활용하는 작가는 비교적 얼마 되지 않는다. 그리고 그 몇 안 되는 시도 중에서도 거의 전부가 목표를 이루는 데에 실패한다. 예를 들어 보자. 에드거 월래스의 책 대다수는 어딘가에—겉표지에, 표지에, 속표지 맞은편에—빨간 원(책 안에 그린 경우는 검은 원)이 그려져 있고, 그 원 밑을 월래스의 자필 서명이 가로지르고 있다. 하지만 여러분 중 이 트레이드 마크를 에드거 월래스와 연관 짓는 사람, 아니면 애초에 그런 게 있다는 사실을 기억이라도 하는 사람이 얼마나 될까?

엘러리 퀸 초창기에 우리는 보통 겉표지 오른쪽 아래 귀퉁이에 선으로만 그린 그림 하나를 자랑스럽게 인쇄해 넣었다. 한 자루 단검이 두 장의 카드(다이아몬드 퀸)를 꿰뚫고 있는 그림이었다. 하지만 이 유치한 시도는 얼마 지나지 않아 그만두었다. '먹히지' 않았기 때문인데, 그래서 다행이다 싶었다.

채 다 펴지지 않은 우산이라는 표식을 보면 몇몇 현대의 탐정들이 떠오를 법하다. 에릭 앰블러의 얀 치사르 박사와 에드거 월래스의 J. G. 리더 씨 등이 있겠다. 하지만 십중팔구 여러분 머릿속에 떠오르는 이는 다른 사람일 것이다. 그 수수하고 소박한 우산은 G. K. 체스터튼의 브라운 신부만이 지닐 수 있는 물건처럼 보인다. 체스터튼의 작품을 출판한 어떤 출판사에서도 진지하게 그와 같은 고정관념을 착취하려 시도한 적은 없지만 말이다.

픽션 탐정물 중 모든 면에서 가장 성공적이고 오래가는 트레이드 마크는 봉선화로 그린 사람의 형상 위에 비스듬한 후광을 얹은 것으로, 이는 다름 아닌 사이먼 템플러, 즉 세인트를 가리키는 그림이다. 아이가 그린 것처럼 보이는 이 그림은 매력과 세련미를 겸비하였고 레슬리 채터리스가 창조한 현대의 로빈 후드를 효과적으로 상기시킨다. 정말이지, 채터리스의 작고 명랑한 그림이 사람들의 기억을 사로잡는 데에 거둔 성공을 생각해 보면, 다른 범죄소설가들 사이에서 그와 유사한 만화 스타일의 표식이 토끼가 새끼 치듯 불어나지 않은 게 용할 정도다.

오늘날 검은 테 독서 안경이라는 트레이드 마크를 보면 여러분은 즉각 텔레비전 속의 유명인사들을 떠올릴 것이다. 스티브 앨런, 데이브 개러웨이 혹은 로버트 Q. 루이스[1]. 하지만 우리가 알기로 알이 두 개 든 안경이 유명한 탐정을 가리키는 시각적 표지로 사용된 적은 단 한 번도 없다. 다만 한 세대 전이라면 외알 안경 혹은 코안경이라는 상징물이 특정 인물을 가리키는 효과를 갖추었다고 할 수 있을 것이다. 우선 파일로 밴스가 경력 내내 외알 안경을 사용했고, 두 번째로는 엘러리 퀸이 탐정 일을 막 시작하던 철부지 시절에 외알 안경을 사용했다. 부분 가발에 관해서라면—가능성을 상상만 해도 몸서리쳐진다!

반면 오늘날에도, 트위드로 만든 사냥모자와 마주친다면 두 번 생각할 것도 없다. 사냥모자라는 장치가 가리키는 수사관은 탐정소설의 역사 전체를 통틀어 단 한 사람뿐이다. 바로 셜록 홈즈다. 그러나 이번만은 탐정의 트레이드 마크가 부풀려졌다고, 너무 성공해 버렸다고도 말할 수 있겠다. 사냥모자가 (게다가 확대경까지도) 보편적인 의미를 지니게 되었으니 말이다. 사냥모자는 홈즈 개인만이 아니라 모든 탐정 일반을 두루 가리키게 되었다. 여기 있는 탐정용 모자의 삽화는 모든 셜로키언 예술가 중에서도 가장 위대한 고故 프레더릭 도어 스틸이 그린 것이다. 스

---

1 모두 미국 텔레비전 프로그램에서 진행자로 이름을 날린 인물들이다.

틸 씨가 특별히 퀸의 선집 『셜록 홈즈의 불운』을 위해 스케치한 홈즈 모자 중 하나다.

힐데가르트 위더스의 창조자 스튜어트 파머에게도 일종의 문장紋章이 있다는 사실은 그렇게 널리 알려지지는 않았다. 친구들만이 알아보는 사적인 도안에 가깝달까. 파머 씨는 우리에게 보내는 편지에 서명할 때 대체로 스튜라고 휘갈겨 쓰는 편이지만, 간혹 기분이 내킬 때면 펜으로 작은 그림을 그려넣을 때가 있다. 디즈니 스타일의 귀여운 동물로, 슬픈 눈을 지녔으며 가엾고 외로운 분위기를 풍긴다. 소박하고 어여쁜 여러 가지 포즈가 있는데, 그중 둘을 아래에 소개한다. 파머 씨의 사적인 트레이드 마크가 어디에서 기인했는가를 추적하기는 쉽다. 1931년 브렌타노 출판사에서 출간되어 그에게 처음으로 큰 성공을 안겨 준 작품인 『펭귄 풀 살인』이 그 출처다. 이 책을 당시 RKO 영화사의 동부지사 줄거리 편집자였던 캐서린 브라운이 낚아채어 고故에드나 메이 올리버를 내세운 영화로 만들었다. (여담이지만, 숱한 경쟁자들을 물리치고 『바람과 함께 사라지다』의 영화화 판권을 따낸 사람도 같은 캐서린 브라운이다.) 에드나 메이 올리버—활력 넘치고, 거부할 수 없으며, 나무랄 데 없는 힐디로 딱 어울리지 않았는지?—는 파이퍼 경위 역을 맡은 지미 글리슨과 짝을 이루었는데, 이 또한 완벽한 캐스팅이었다. 훗날 올리버의 건강이 쇠하자 힐디 역할은 헬런 브로더릭에게, 그리고 이후에는 자

수 피츠에게 넘어갔다. 첫 번째 영화에 출연한 훈련된 펭귄의 이름은 오스카였는데, 보다시피 오스카는 파머 씨의 영원한 총애를 받았다. 힐디의 창조자는 촬영용 아크등의 빛과 열기에 의식을 잃곤 했던 오스카가—참 예민한 배우였지 뭔가!—결국 대역에게 자리를 내주게 된 경위를 떠올리곤 한다. 아니, 지금 농담 삼아 하는 이야기가 아니다. 있는 그대로 얘기하는 거다! 하느님 맙소사, 그 대역은 오리였다! 오리의 이름은 기록에 남아 있지 않다. 혹시 저 위대한 도널드 덕이 신분을 숨긴 채 참된 할리우드 스타일로 바그다드의 칼리프 노릇을 했던 건 아닐까?

스튜어트 파머의 삶에는 황제 펭귄과 관련된 다른 즐거운 일화들도 있다. 한번은 파머 씨가 런던에 있을 때 리전트 파크의 펭귄 사육사가 그에게 동물원 열쇠를 내어주어 오후 내내 황제 펭귄들을 스케치하고, 사진 찍고, 함께 놀이도 하며 시간을 보냈다고 한다. 부화하지 않은 알 위에 앉아 보는 것 빼고는 다 해본 셈인데, 파머 씨의 맹세에 따르면 그마저도 어느 펭귄 아가씨가 날개를 퍼덕여 이쪽으로 와서 대신 품어 보라며 유혹을 건네기는 했다고 한다!

파머 씨의 펭귄 사랑은 사진을 찍고, 스케치를 하고, 함께 뛰놀고, 문장(뒷발로 일어선 펭귄[2])을 만드는 정도로 그치지 않았다. 파머 씨는 어디를 가든 하얀 타이에 턱시도를 입은 그 새들을 모았다. 살아 있는 새들을 모았다는 얘기는 아님을 덧붙여야겠지만, 그래도 유리, 금, 주석, 나무, 비누, 은, 코펜하겐 도자기 및 거의 모든 종류의 준보석 광물로 만든 온갖 크기의 펭귄을 모았다.

우리는 종종 퀸의 트레이드 마크로 삼을 만한 동물, 새, 혹은 곤충으로는 무엇이 좋을까 생각하곤 한다. 카멜레온? 납작머리 비단벌레 유충? 머리가 둥근 녀석? 머리가 둘 달린 녀석? 아, 생각났다. 벌이 좋겠다. 물론 여왕벌The Queen bee로.

2 여러 국가의 문장에 쓰이곤 하는 뒷발로 일어선 사자를 패러디한 표현.

헌사

그리고 포가 이르되
탐정소설이 있으라 하니 탐정소설이 있었다.
포가 탐정소설을 자신의 형상을 따라 창조한 후
자신이 만든 모든 것을 둘러보니, 보기에 매우 좋았더라.
그가 고전적인 형식에 맞추어 탐정소설을 빚었으니,
그 형식이 처음과 같이 이제와 항상 영원히 참된 형식일지라.

아멘.

역자 후기

이 책 『탐정 탐구 생활』의 원제는 〈In the Queens' Parlor〉다. 우리말로 옮기자면 '퀸의 응접실에서' 정도가 되겠다. 이미 책을 읽은 독자라면 엘러리 퀸 형제가 아늑한 안락의자와 따스한 벽난로와 중후한 담배 파이프를 벗 삼아 존 딕슨 카를 상대로 밀실 살인에 관해 논의하는 광경을 떠올림 직한 제목이지만, 한국어 제목까지 그렇게 했다가는 출판사 예산마저 고즈넉해질지도 모른다는 어른의 사정에 따라 『탐정 탐구 생활』이라는 (입에 올려보면 제법 운율이 느껴지는) 제목이 붙게 되었다. 작품의 제목은 원문 그대로여야만 제맛이라고 여기시는 독자들께는 양해를 구한다. 본문에 나오다시피 대서양만 건너도 책 제목이 바뀌는데, 하물며 태평양을 건넜으니 오죽하겠는가?

그러나 섣불리 '자본주의의 천박함'을 꺼내들며 질타하지는 말아 주시길. 역자 또한 엉성한 한국판 제목에 넌덜머리를 내곤 하는 까다로운 독자로서 말하는데, 『탐정 탐구 생활』이라는 제목에는 별다른 불만이 없다. '탐구 생활'이라고 하면 역자의 세대에서는 아무래도 국민/초등학교 시절 방학마다 나누어 주던 교재를 떠올리게 되는데, 그 교재를 생각하면 떠오르는 방학의 한가로움, 정규 교과 과정을 슬쩍 벗어난 내용, 국민/초등학생이 보기에도 무언가 만만하다 싶었던('너는 교과서는 아니로구나?') 분위기가 이 책과 제법 잘 어울리기 때문이다. 과연 이 책은 탐정소설에 관한 교과서나 자습서는 아니다. 곁다리로 이것저것 배울 수야 있을 테지만, 탐정 소설의 역사를 꼼꼼히 재구성한다든지 예리함과 냉정함을 겸비한 비평적 안목으로 유수의 걸작을 해부함으로써 독자로 하여금 절로 자세를 바로잡도록 하는 책은 아니다. 엘러리 퀸의 문장 사이사이에서 느껴지는 것은, 그보다는 "여름철의 별자리를 찾아봅시다"처럼 해도 그만 안 해도 그만일 것 같은 문제 앞에 호기심을 불태우는 아이의 또랑또랑한 눈동자다. 숙제 검사를 하는지, 성적에 반영이 되는지는 알 바 아니다. 알고 싶어서, 재미있을 것 같아서 매달린다.

　그런 아이에게는 저자 서명 초판본을 모을 돈이 없지 않겠느냐고 항변하실 분도 계실지 모르겠다. 하지만 자신이 좋아하는 것에 매달려 모으고, 단지 모으는 데에서 그치는 대신 세부적인 차이를 꼼꼼히 따져 가며 거기에 온 세계의 운명이 걸린 듯 야단을 피우고, 아직 만나지 못한 더 나은 다른 이야기를 갈망하는 태도는 실로 아이다운 욕심이 아닌지? 그리고 그것을 혼자만 간직한 채 입을 다물기보다는 약간의 뻐김을 감추지 못한 채 다른 사람들 앞에 엣헴, 하며 펼쳐 보이고 싶어 안달이 난 마음 또한 아이와 같지 않은지?

아니, 방금 위 문단을 읽는 동안 고개를 절레절레 내저으며 '이 사람도 편견에 휩싸였군. 그런 건 아이만의 전유물이 아니야'라며 한숨을 내쉰 독자 분들이여, 너무 쉽게 실망하지 말아 주시길. 바로 그 이야기를 하려는 거다. 『탐정 탐구 생활』이 전해 주는 가장 큰 즐거움은 탐정의 이름이나 책 제목의 기원, 아이디어의 출처, 편집자의 고충, 업계 유명 인사들이 꼽는 최고작의 목록을 확인하는 데에 있지 않다. 그보다는 1957년 초판 출간 당시 나이 쉰둘이었던 아저씨들이 어떠한 망설임도 없이 그와 같은 주제에 헤벌쭉 탐닉하는 모습에서 느껴지는 자유로움이야말로 이 책의 가장 진귀한 기쁨이다.

약간 돌아가는 이야기가 되겠지만, 역자는 한국에서 멸종위기에 처한 구식 영화광이기도 하다. 나이를 많이 먹었다는 이야기는 아니고, 어쩌다 보니 동시대의 일반 개봉관에서 상영하지 않는 몇십 년 묵은 영화들 앞에 침을 질질 흘리며 눈에 불을 켜고 시네마테크를 찾아다니는 인간이 되었다는 이야기다. 만약 이런 영화광들의 습성을 주의 깊게 살펴본다면, 자신이 좋아하는 영화를 열 편 정도 꼽음으로써 영화에 대한 태도와 관심사를 검토하고 표현하며 상대와 견주어보는 곤란한 취미를 발견할 수 있을 것이다. 비록 한때 모든 영화광의 소양처럼 보였던 그 취미도 21세기 들어서는 사교적인 수준으로 시들해지거나 '그런 목록을 꼽는 것은 폭력적'이라는 반발에 휘말려 점차 자취를 감추어 가는 분위기지만, 아직 거기에 자신의 안목을 걸고 진검승부라도 벌이자는 듯 덤비는 사람들도 남아 있다.

바로 그런 열혈 영화광들의 분위기에 제법 익숙하다고 생각했던 역자조차, 존 딕슨 카가 열 편의 단편 탐정소설 목록을 꼽았을 때 대뜸 **"포의 작품이 하나도 없다고? 좋아하는 작품 열 편 목록을 꼽았는데 「도둑맞은 편지」나 「모르그 가의 살인」이 없다고? 그런 일이 있을 수 있나?"**라고 시비를 거는 엘러리 퀸 앞에서는 두 손 두 발 들고 포복절도하고 말았다. 그런 질문을 해도 되는 것인지, 그런 문제에 그렇게까지 방방 뛰어도 괜찮은 것인지 전혀 고민하지 않은 채 곧장 이의를 제기하는 순진무구한 열의는 그만큼 열의 넘치지 못하여 주변의 시선과 품위를 신경 쓰는 사람을 도리어 부끄럽게, 부러워하도록 한다. 더구나 그런 엘러리 퀸의 항의 앞에 쓴웃음을 짓거나 유야무야 넘어가는 대신 즉석에서 이치를 따져가며 반론을 펴는 존 딕슨 카가 존재한다는 사실은 또 얼마나 근사한지! 열중의 대상이 있고, 열중의 표출이 있고, 열중을 나눌 동지가 있다. 『탐정 탐구 생활』에 수록된 모든 에세이에 바로 이와 같은 눈먼 즐거움이 가득하다. 나아가 이 책은 흡사 그렇게 열띤 어조를 통해 독자들에게 여러분이 어디에 있든 어떤 관심사를 지니고 있든 이렇게 살아도 괜찮으며, 이런 삶이야말로 멋진 삶이라고 웅변하고 격려하는 듯하다.

'하지만 나는 아니야'라고 주춤주춤 뒤로 물러서실 분들을 위한 첨언. 최근 한국에서는 이처럼 특정 분야에 전심전력으로 달려드는 태도에 재빨리 '오타쿠적인 것'이라는 꼬리표를 단 다음 '일반인'과 구분 지으면서 자의 반 타의 반으로 폐쇄적인 경계를 설정하는 모습을 보게 되는데, 글쎄, 그렇게 선뜻 구분 짓기에는 한국은 오타쿠로 내몰리기 지나치게 쉬운 나라다. 증명해 볼까? 이 책을 여기까지 읽으신 분 중에는 스스로를 미스터리 중독자라고 생각하시는 분도 계실 테고, 나는 어쩌다 보니 좀 특이한 에세이집을 읽었을 뿐 미스터리 장르에는 별반 조예가 깊지 않다고 생각하시는 분도 계실 테다. 전자야 당연히 그러려니 하실 테지만, 후자의 경우에도, 이 책이 마음에 드셨다면 이미 한국에서는 어마어마하게 희귀한 경험과 취향의 소유자가 되신 셈이다. 대한민국 1%가 다 뭔가. 0.005~0.1% 사이다. (단, 『탐정 탐구 생활』이 만인의 입에 오르내리는 베스트셀러가 되지 못했을 때의 이야기다. 참고로 예측 범위가 다소 넓은 것은 최대 판매량을 너무 낮게 잡아 출판사의 눈총을 사는 일을 피하기 위해서다.) 소개팅에서 이 책 제목만 이야기해도 오타쿠 되는 건 한 순간이란 얘기다.

기왕 그런 판국이니, 자신을 좀 더 자각하고 엘러리 퀸을 본 받아 부끄럼 없이 날뛰어 보는 것은 어떨까? 이놈의 엘러리 퀸 이라는 수다쟁이는 도대체 어떤 소설을 썼는지도 찾아보고, 나 는 존 딕슨 카나 렉스 스타우트의 베스트 목록에 찬성할 수 없다 고 인터넷 서점 서평란에 고함도 치고, 너는 저게 더 좋냐 나는 이게 더 좋다 싸움도 하고, 왜 한국에서는 '황금의 열두 편'을 비 롯하여 여기 거론된 작품을 읽을 수 없느냐고 출판사들에게 투 서도 하고, 그래서 실제로 다른 책이 출간된다면 기꺼이 지갑을 열어 엘러리 퀸의 안목도 확인해 보고. 그처럼 엘러리 퀸들로 우 글거리는 세상을 꿈꾸어 본다. 실제로 그렇게 되면 피곤하겠지 만, 실제로 그렇게 되기까지는 한없이 꿈꾸어 본다.

양해를 구하며 시작한 후기건만 양해를 좀 더 구하며 마무리 해야겠다. 여기 실린 몇몇 에세이에서는 엘러리 퀸의 인습적인 여성관이 나타나고 있다. 그가 여성 혐오자라거나 남녀차별주 의자라고는 생각하지 않지만, 작가가 당대의 통념을 별다른 거 부감 없이 수용하여 자신의 글에 활용하는 과정에서 어쩔 수 없 이 생겨난 불편한 표현들이 있다. 50년대 사람인데 어쩌겠느냐 고 발뺌할 수도 있겠으나, 그런 변명은 은연중에 옛날 사람들이 요즘 사람들보다 둔감할 수밖에 없다는 편견으로 이어질 수 있어 불편하다, 또한 옛날 책을 지금 다시 내는 데에는 분명 지금을 사는 사람들의 결단이 개입하며, 결단에는 책임을 져야 하는 법이다. 그러니 '어쩔 수 없다'고만 말하는 대신 주의 깊게 의식하며 비판 정신을 잃지 않은 채 읽어 주시길 부탁드리련다. 결점에도 불구하고 좋은 점, 배울 만한 점, 즐거운 점들이 많다고 믿기에 이 책을 기꺼이 소개한다.

한 가지 더. 마지막으로 실린 에세이 「탐정들의 트레이드 마크」에는 원래 레슬리 채터리스, 스튜어트 파머 등 엘러리 퀸이 언급한 작가들이 사용한 트레이드 마크가 삽화로 실려 있었다. 유감스럽게도 삽화의 저작권은 본문과는 별개인지라 역시 어른의 사정으로 이를 누락할 수밖에 없었다. 존 딕슨 카가 저작권 문제로 장편 탐정 소설 선집 『최고의 탐정 소설 열 편』을 완성하지 못한 것을 안타깝게 여기는 글이 수록된 책에 이런 일이 생기다니. 엘러리 퀸이 살아 있었더라면 어떻게든 조치를 취해 주지 않았을까. 그나마 해당 작가들의 트레이드 마크는 'leslie charteris the saint'나 'stuart palmer penguin' 등으로 검색해 보면 쉽게 확인할 수 있으니 불행 중 다행으로 위안을 삼아 주시기를.

홍지로

탐정 탐구 생활
초판 1쇄 발행 2015년 8월 15일

지은이   엘러리 퀸
옮긴이   홍지로

      발행편집인   김홍민 · 최내현
      책임편집   안현아
      편집   유온누리
      마케팅   홍용준
      표지디자인   형태와내용사이
      용지   한승
      출력   블루엔
      인쇄   청아문화사
      제본   대신문화사

펴낸곳   도서출판 북스피어
출판등록   2005년 6월 18일 제105-90-91700호
주소   (121-826) 서울특별시 마포구 방울내로 11길 43 101-902
전화   02) 518-0427
팩스   02) 701-0428
홈페이지   www.booksfear.com
전자우편   editor@booksfear.com

ISBN 978-89-98791-40-7 (03840)